馬場大樓

A.Z.
—— 著 ——

推薦序一

《惡之根：你的犯罪研究日誌》閒餘插花講者　大酸梅

※序中的內容會盡可能不提及劇情，但若是擔心影響閱讀感受，還是請先閱讀本作。

老實說，沒有想過身為一個播客會被邀請寫序。

事情是這樣的，在我與高采烈的用特休跑去挪威度假的路上，我收到了一個訊息，無意間打開竟然是個寫序的邀請，我最後戰戰兢兢地接下了這個工作，寫下人生第一篇序。

雖然本身相當喜歡各種犯罪推理相關的作品，喜歡故事中透過合理性與排他性編織出來的精巧劇情，所以無論哪個派別，哪種語言跟環境，我都可以享受閱讀帶來的懸疑感與樂趣，然而若是以台灣為背景的作品，卻會多少讓我更在意。因為融合了社會歷史與地標建築的故事往往會讓在當地生活，或是至少生活過一段時間的人更有帶入感——**有時候激起的漣漪甚至勝過了單純的作品本身**。

是的，我曾經在台中住過一段時間。

那是我們還叫著中港路、沒有BRT的時候，那是台中車站還是那紅色磚瓦建築的時候，那是第四信用合作社還沒開張的時候，那是我一直在想為什麼一棟大樓要叫做「第一廣場」的時候，故事中提到綠川水道的超商，我閉上眼就可以浮現那聚集著移工的河道旁全家的樣子。（這應該有名到不需要有人懷疑我接業配吧？）

其他讀者可能是單純看著故事的進展，但對我來說卻是曾經歲月中美好的一段，貪便宜半夜去唱KTV，經過不少似乎半廢棄的大樓時，看到來路不明人士進出的恐懼感、口耳相傳會出現的靈異故事或是都市傳說、被移工注視還有被異國語言包圍的不安，都好令人熟悉……

於是A. Z. 這部以台中某知名大樓為靈感的《馬場大樓》不僅讓我開始緬懷青春，好想再回去看看台中，幫助台中增加觀光人潮以外，故事後面那個讀書互助會，更讓我感受到了朋友與團隊，如何在人生有著共同目標時一同邁進的重要性！

「我覺得會以台中那棟大樓為背景書寫的故事，應該不會到有你描述地如此正向的程度。」當年台中認識的朋友在我開心分享心得的時候，委婉地如是說。

所以我決定等本書出版的時候，絕對要買一本塞到他的眼前，叫他看完之後再陪我回去台中看看，享受青春。

但《馬場大樓》也讓身為高雄人的我想起當年看《請把門鎖好》看到不寒而慄時，那種經過高雄某處就覺得哪裡不對的不安感，這種閱讀感受真的是沒有在當地生活過的人，難以體會的部分，而我可以這樣享受4DX的現場震撼感，覺得相當幸運與有趣。

除了描述相當有帶入感，文筆流暢，故事非常台灣靈異以外，我相當喜歡後面處理某些狀況的手法，雖然沒有生理上或是解剖學上非常精細的描述，但是那種輕描淡寫的手法反而增添不少想像，讓我相當愉悅……我的意思是說值得玩味……也是我期待讀者細細品嘗的部分。

另外讓我印象深刻的是，故事步調雖然不是很沉重，字裡行間也沒有刻意的苦大仇深，但是光簡單描述著這個「互助會」的人，彼此為了目標付出的努力與不擇手段，就可以明確感受到，那些遭遇在他們的人生中烙印下多少的傷痛。

那多多少少是我們生活中某些身邊的人的縮影，相當無奈而無法挽回的悲劇，令人不勝唏噓，讓我一邊開心地享受作品，卻也深深地希望，未來某一天，他們可以真真正正的，從心底走出這棟「馬場大樓」。

推薦序二

犯罪小說評論家　白羅

以一個廢棄大樓為主體，展開一個結合了懸疑、獵奇、靈異、犯罪等多種元素的故事，呈現出多面向的社會議題，以及作者對於類型整合的企圖心。

平時在網路上流連忘返時，時常會看見網友分享所謂的職場鬼故事，亦即以誇張的比喻來描述在職場發生的種種不如意。本作的三個部分皆是以相同的形式來開頭，分別以慣老闆、年資尚淺的公務員、因外表而被排擠的混血兒為主要視角，除了運用職場鬼故事引出後續一連串光怪陸離的發展之外，也對於對應的社會現象進行揭露以及批判。例如對於外籍移工的種族歧視、公務人員的獨特職場文化、為了進行都更而官商勾結，這些鬼故事可能出現在台灣社會的各個角落，但又呈現出一種「不存在鬼怪的鬼故事」的狀態來脫離超自然的範疇，將整部作品的內容回歸真實與理性，來達成多元素多議題的結合。

推薦序三

詩人　否思

作為一個曾經把 PTT marvel 版的文章全部看完的人，我認為人的恐懼來自未知事物與自己在認知上的距離。《馬場大樓》的故事發生在並非完全架空的世界裡，敏銳的讀者們將能在故事中找到許多現實世界的印證。

我在閱讀時因好奇而搜尋才發現所謂「馬場大樓」與在台灣中部某處的半廢墟建築可以作一個完美的呼應。作者 A.Z. 結合現實世界的地景、故事與虛構（或也許不是）的傳說，由此讓讀者更能將自己代入小說裡緊張的氛圍，進而被純然由文字而生的驚悚感緊緊包裹。

故事雖然不長，但用字精煉，氣氛和步調拿捏讓人能輕鬆地進入小說的世界觀中，推薦給讀者朋友們。

目次

第一章、吊

嬌喘聲和鐵鍊碰撞聲交錯，在這間主題式的摩鐵裡，自天花板延伸了兩、三條鐵鍊，而其中一條鐵鍊正綁在一名女孩的手上，不只如此，女孩全身上下還用紅繩綑綁，凸顯出各個部位，看起來更是撩人。

她的表情時而痛苦、時而歡愉，每一幕的表情變化，都從三百六十度無死角的鏡子中反射，楊信富光是看著這樣的神情，就還能再撐一下。他抱著她的臀，卯足全力衝刺，讓嬌喘聲變成舞曲般的節奏，直到歡愉的盡頭，聲音才嘎然而止。

他感到全身疲憊，但礙於面子他不能表現出來，他幫女孩解開鐵鍊和五花大綁的紅繩，女孩則是撒嬌地抱著他，即使他的肥肚，讓她雙手環抱都碰不到，但她一點嫌棄的表情都沒有。

「寶貝，你好棒。」

「走，去洗澡。」

「不要，人家想抱著你睡，好累唷！」月妃簡直就像讀懂了他的想法似的，拉著他到床上。

他試圖假裝自己不累，於是開啟了話題。「最近真的煩死了。」

「怎麼了？」

「還能怎樣，何老闆又在逼我快點把某塊地的事情搞定，我已經跟他說過很多次，那塊地的產權複雜，不是有錢就可以買下，有的人找都找不到，連電話都是空號，要怎麼買？」說起這件事，他確實來氣，那塊地有多少仲介在斡旋，連資產管理公司的人也在亂，有些資管業者沒談到滿意的價錢更是不放手，根本就是爛攤子，搞到現在誰也不想碰。

「是哪塊地啊？真好奇。」

楊信富瞥了月妃一眼，她乖巧地躺在他的胸膛，像隻乖貓，還認認真真地聽他說話，不時抬起頭望著，模樣真是可愛。

「就是綠川水岸那的大樓啊。」

「難道是馬場大樓？」

「我們月妃真聰明。」

「嗯……我是不懂你剛剛說的那些，但那邊有很多恐怖的傳聞呢。」

「喔？」

月妃跨坐到楊信富的腰上，會陰部殘留的液體沾到他身上，殘留的藥效又隱隱讓他的渴望，呼之欲出。

「聽說上面的飛碟屋以前是間ＫＴＶ唷！」

「怎樣的ＫＴＶ？有像妳這樣漂亮女生的那種嗎？」他抓了抓她的胸部，依舊柔軟，肌膚滑嫩得讓人想咬上兩口。

「我漂亮嗎？你又說謊，昨天去酒店你也說另外那個女生漂亮。」

「吃醋了？真可愛！」他感覺到原本達到高潮後委靡的器官再次復甦，他心裡默默覺得這藥效真的不錯，夠持久！

「聽說那裡有女人在包廂裡吊死。」

「在包廂吊死？怎麼吊？」以前那間ＫＴＶ叫做金西部，他還去過，照他的記憶，那種店的包廂都復古得很，燈光擺設也很陽春，更不用提天花板哪有地方可以吊人了。

他繼續揉著她的胸部，她配合地嬌喘，話題暫時中止，情慾的色彩再次纏繞，兩人結合上下擺動，在他快要高潮時，她忽然俯身到他的耳邊，悄聲說道：**「——你親眼見一次不就知道了？」**

「啊……」他高潮發出低吼，並沒有聽清楚她說了什麼。連續射精兩次，這次他再也敵不過睡意，迷濛間他聽到了月妃發出銀鈴般的笑聲，是在笑什麼呢？

楊信富清醒時已經是中午了，他感覺全身痠痛，摸了摸左側床鋪，早已冰涼。他打開手機確認訊息，月妃在訊息留言：「寶貝，我今天要去做身體護膚，不陪你囉。」

他看著訊息，想起了昨晚迷濛間，月妃似乎說了什麼奇怪的話，她好像提起了馬場大樓以前的那家KTV，可是以她的年紀，知道這個有點違和，畢竟月妃今年才19歲，他很確定，他看過她的證件。

包養前看證件這件事很重要，這可不是為了檢查有沒有結婚。不管結婚沒，花錢買下了，女孩該幹嘛就得幹嘛。有次某建設公司的老闆包養一名酒店紅牌，那名紅牌高傲得很，從來不出去S，更不會帶客進場，神祕得很有吸引力，那時大家都在爭奪芳心，最後由他包下，結果沒幾天女孩就被退貨了，我們才知道她是第三性。老闆要女孩還錢，她不還，這件事鬧了很久，成為大家的茶餘飯後。

也是從那次之後，大家要交女朋友、包養前，一定會檢查身分證，再從身分證字號讓人去查，確定沒有案底、沒有變更過性別。

他點了根菸，又倒了些威士忌醒酒，手機內除了月妃的訊息，又傳來不少何老闆的催命符。聽說他想要買下馬場大樓那一帶所有的舊屋大樓進行都更，偏偏附近都搞定得差不多了，就差馬場，如果馬場弄不起來，他說原本談好的建案至少損失一半。

那位何老闆就是聽聞楊信富在土地開發這一塊，很有自己的手段，才願意讓他抽到6％（一般行情是3％～5％）。這下可好，楊信富幫他處理了一堆案子，就這個馬場搞不定。

「真是煩死了！」

他把菸蒂踩熄在地毯上，穿好衣服又喝了半杯酒，這才開車退房，然而剛啟動引擎，他就看見在擋風玻璃上的一張卡片，上面用著少女般的字體寫著：「給我愛的富，昨天的綑綁刺激嗎？以後還會有更多刺激唷。」

僅僅一行字，又讓楊信富色心大起，他舔舔嘴唇，心想這女的果然是百年難得一見的蕩婦，他都五十多歲了，打十幾歲起就在跑歌廳、酒店，包養過的女生數都數不清，但從沒看過像月妃這麼好玩的。她可以蕩、可以清純、可以有很多花招，最重要的是她從來不靠勢，對外一樣謙虛，跟他上酒店從不擺出女朋友姿態，必要時也能陪他的客戶玩。

相比那些拿了幾個月的錢，服務態度就差了十萬八千里的女人，差得太多了！

他踩了油門，在酒精催化下，讓他有點亢奮，他不在乎又闖了幾個紅綠燈，更不在乎那個被他嚇了一跳跌倒的路人，他就這樣橫行無阻地開到馬場大樓前違停。

昨晚月妃說這裡有不少恐怖的傳聞，他當然不是沒聽過，但一塊地方廢棄久了就是這樣，好比有名的民雄鬼屋，在他看來那裡根本沒有鬼，更何況是馬場這種雖有發生過幾次火災，但根本沒燒死人的地方了，都是無稽之談。

重要的是產權持有者。

他從副駕駛座的置物盒拿出一份名單，上頭已經有許多人被劃掉，劃掉的都是找得到，還在談價錢的，沒劃掉的有十來個。

「要死也不把房子賣一賣再死，窮人思維！」就是窮人才會緊緊捏著僅有的財產死都不放手，以為死了帶得走嗎？可笑！

他再次把吸了幾口的菸蒂隨意丟到地上，也就是在這時，忽然有人把他剛丟下的菸蒂撿起來，他抬眼一看，毫不遮掩地發出冷笑。原來是個泰勞啊！

「看啥？」他瞪了那個人一眼。

「請您不要亂丟菸蒂，這裡非常容易失火，謝謝您的配合。」

「現在泰勞都這麼會講國語喔？講得很標準耶。」楊信富諷刺地拍拍手。

「我不是外籍人士，我是台灣人，土生土長。」

「可憐啊，又是個買老婆生孩子的，滾滾滾！別在這跟我廢話！」他厭惡地擺擺手，把那名東南亞混血的男子趕走。

就在這時，過去曾被他包養了五年多的女人打電話來，他早就斷了她金援半年，這半年安靜得很，本想說她算識相，沒想到還是打電話來了。

「喂？富哥嗎？我是路兒。」

「喔、路兒啊！有事？」

「我上次聽旅遊業的信哥在說，您對找不到馬場大樓的一些產權持有者感到很煩……」

「媽的！他跟妳講這個幹嘛？」

「因為剛好我認識一個同學，聽說他家很久以前有買過那裡的一間房，他到現在都沒賣，因為家裡不讓賣，我想說可以介紹您給他認識。」

「有確定到現在都還沒賣？妳要不要再問問，我可是已經買來又高價賣掉好多間了呢！」

「我確定！真的！」

「妳在哪？我去找妳。」

楊信富又點了根菸，剛上車要離開，忽然有好幾台警車衝過來！他從後照鏡看到，那數量根本就是酒店臨檢等級！他鎮定地緩慢開走，那些警車立刻停在他剛剛停的位置，幾十名警察整齊有素地魚貫進入大樓內部，並從中間的樓梯往上走，他不敢逗留得太明顯，確定都是上去馬場大樓後，就趕緊開走，並打開廣播，聽看看有沒有新聞報導。

同時，他打給助理潔玲，「幫我打去問一下分局的李隊長，說是我問的，我要知道馬場大樓是不是有出什麼事，妳同時也幫我追一下焦點新聞，一有消息立刻打給我，**是打給我**，聽懂了嗎？不要他媽又像上次一樣給我傳簡訊！也不要打什麼語音電話！打手機號碼的，聽懂了沒？」

「是，老闆，聽懂了。」

楊信富忿忿掛掉電話，覺得現在的年輕人真是糟糕至極！之前他讓潔玲幫他訂餐廳，訂好哪間在哪要跟他回報，結果他和客戶都已經聊了兩個多小時，要吃飯了，打開手機才看到她雖然早就訂好，但早已經超過預定時間。這件事簡直丟他的面子，害他還臨時找了其他餐廳，簡直是讓客戶還有同行友人看笑話！隔天他把潔玲叫來罵，她還覺得自己無辜，認為訂餐廳這種需要確認內容的任務，傳訊息很正常。

正常個屁！他才不認為這是時代變遷應該要習慣的事！

車子快到路兒家時，他的手機響起，一看是助理，滿意地點點頭。

「老闆，那邊出事了！」

「激動什麼？想也知道是出事才來那麼多警察，給我冷靜點講。」不然他聽了真的很煩躁。

潔玲沉默一會兒，換上比較和緩的語氣，「那邊被人發現有人死掉，而且死法相當恐怖，目前媒體還在和警方確認消息中，可能還要半個小時才會有新聞。」

「死在幾樓？」

「聽說是在六樓外的平台。」

楊信富皺眉，六樓外的平台？平台也是有劃分給住戶，如果是那裡的話，可能會影響到目前已經代為收購的一間房的房價。該死的，要真影響了，那他還偷偷向何老闆賺個屁！他勢必得去看看那傢伙到底是死在平台的哪一邊才行。

「如果何老闆打來問馬場收購的情況有沒有受影響，一律都說沒有，聽到沒？」

「知道了。」

楊信富把車停在至少四十年以上的透天厝前，這塊地區已經式微，當時他和路兒分手，怕她鬧，就把這便宜的房子過給她，並且拿到了保密協議。但現在她都能把別人說的話通風報信了，他還真不曉得，她到底有沒有偷偷走漏他的祕密。

「富哥！」開門的女人看起來和真正的許路兒長得有七成像，不同的是，近看可以看出她的眼睛、鼻子、嘴巴都有整過的痕跡，這導致她想笑，卻總是無法笑開。

路兒挽著楊信富的手，親暱地進屋，她早就準備好他愛喝的茶，但他只要求立刻打開新聞台。

「富哥，我幫您查到的就是這戶人家，不過他們握有的產權不完整，竟然不屬於任何一層樓的房，而是佔公共區域的一小部分。」路兒快速切入正題，楊信富一聽到關鍵字，馬上拿起資料看，結果看到這戶握有的產權根本就是渣，簡直比不值錢還要糟糕，說白了，他們當初就是買了一塊垃圾。

「妳是不是沒有腦？這種產權也把我叫來浪費時間？妳要不要聽聽看自己剛剛說了什麼？要不要看看資料上他們買的地又在哪一塊？說妳蠢，還就真的蠢到現在。」就算女人都沒什麼腦袋，但愚蠢成這樣，他當真佩服！

路兒咬咬嘴唇，顯得無辜，但她的樣子他早就看膩了，一點都不為所動。

「富哥，可是……」

「閉嘴。」

此時新聞台果然在半小時後出報導，主播緊急插播這則新聞，鏡頭切到了馬場大樓，以及附上一張影射現場的奇怪圖片。

「為大家報導這則插播新聞，台中的馬場大樓今日驚傳殺人事件！由於被害者被發現時，身體四散被釘在牆上，彷彿和馬場大樓內的藝術團隊作品合為一體，直到今天才被人發現，死者已經死亡三天以上，且查明身分是中區國土管理署的職員，詳細情形本台會再為各位進行追蹤報導。」

「國土管理署？靠！又要去判定危樓！活該。」楊信富冷哼，他房子都還沒賣掉，一天到晚就要去判定危樓，得在他把房都賣了才能判定危樓都更啊！

楊信富不耐煩地關掉電視，路兒不知何時已經坐到他旁邊，相當主動。想當年她在店裡也是難追得要命，被他包個幾年，姿色都老去了，現在看起來是一點都不漂亮。

「富哥，晚上能陪我吃個飯嗎？」

「不能。路兒啊。」

「怎麼了？」

「當初要妳簽的保密協議，是不是該拿出來看一看了？」

「咦？」

「我怕妳時間過得太久，都忘了內容，該拿出來複習了，免得還要我親自處理妳。」

最後一句話，嚇得路兒臉色發白，她只能乖乖點頭道歉，說自己什麼也沒說，目送楊信富離開時，還哭了。哭的原因不是因為自己被懷疑，而是她終究錯過能找回金援的機會……楊信富……真的毀了她！真的毀了她！

楊信富離開後滿臉不屑，不屑的是那種保密條款真的能嚇到人，以及路兒那女人還以為用個苦肉計就可以回來他身邊，都太可笑了。

車上的廣播不斷朗誦著馬場大樓殺人事件，甚至說這棟大樓有鬧鬼背景，他雖然聽得不爽，也怕影響自己先買下的那幾間的價錢，但往好處想，那些嚇得半死的持有者，可能會急著拋售也說不定。

他再次打給潔玲，響了很久都沒接，他又再打一通，才聽見對方為難地接起。

「為什麼不接電話？」

「老闆，我跟家人正在吃飯……我已經下班了。」他一看時間才晚上六點多，才六點就下班？他給的工時有這麼短嗎？

「我有說妳可以下班了嗎？」

「可是正常是五點下班，我已經待到五點半才走……」

「妳不想要做可以不要做啊！我有勉強妳嗎？妳這種行政的，多得是可以取代妳的，我看妳明天就不要來了吧。」

「老闆！對不起、我錯了！我現在馬上回去公司，您要交辦什麼都可以！請不要開除我。」

「我也不是那麼殘忍的人啦！行吧。妳等等回去之後，再聯繫看看那些本來聯絡不上的，或是拒絕賣的，告訴他們現在那裡出了那樣的新聞，再不賣，之後的價錢可能會更糟，全部打完把內容寫成一份報告給我。」

「是、沒有問題！」潔玲不再反駁，讓楊信富很是滿意。果然人就是要好好訓練，才懂得「聽話」怎麼寫。

楊信富盤算著這堆事，漫無目的地開著車，這才發現自己都沒吃飯。常常都是這樣，上午喝酒、中午沒食慾，到了晚上才覺得餓。

剛想著吃飯，電話就來了。

「寶貝，在幹嘛？」

「準備要吃飯。」

「別吃飯了，你・應・該・先・吃・我。」

他一聽，心想著月妃這女的真的有夠蕩，就算再餓，他也不可能說不。

不過這次月妃沒有訂什麼主題汽車旅館，她要他去的是一間位在北屯區的國小，離旱溪不遠，附近都是眷村，這也導致這裡天一暗，學生都回家後，附近就一片死寂。

他停好車，月妃已經錄了一段影片，教他怎麼繞過有人的地方偷溜進學校。他覺得這女的花招真多，多到都玩了三個月還玩不完！有意思、真有意思！

楊信富繞到國小的左側處，這邊的圍欄剛好有幾根壞了，輕輕一推就能鑽進去，進去後穿過一排樹林，走到左側樓梯口，本該已經上鎖的樓梯處，竟然已經被破壞，他再次小心穿過，來到二樓，影片的錄像也到此為止了。只剩下月妃留下的一句話：「找到我，幹我。」

他嘆口氣，感覺有點頭暈，空腹了一天，中午在旅館喝的也是酒，剛剛臨時吞了一顆壯陽藥，讓他感覺身體很不對勁。

為了這個情趣，他認命開始找，他認為這女人不會躲在太難找的地方，頂多讓他找個二、三間教室就能找到，沒想到第一間教室是上鎖的，第二間也是，到了第三間終於能轉開，他笑了笑，悄聲說道：「被我找到可是會腿軟的喔。」

他往裡面走去，忽然，砰！教室的門突然被大力關上！

他嚇了一跳，但認為一定是月妃在搞鬼，他有點煩了，傳訊息問她到底在哪。沒想到她回傳了一張躲在走廊柱子後面的照片，無辜地回應：「我又沒有很難找……」

那景色看起來就像再往前一點的中庭，根本不在教室，他試著轉動門鎖，卻怎麼轉也轉不開，透過窗戶偷偷往外看，外頭根本沒有半個人。

忽然，耳邊依稀傳來一些孩童嬉鬧的笑聲，他更慌了，用力地轉動門鎖。砰！門又發出碰撞聲，像是有人在外頭撞，他往外偷看，依然沒人。他往後退了幾步，碰碰！

他吞了吞口水，感覺孩童的嘻笑聲，好像愈來愈大、離他愈來愈近……

突然！門鎖有了動靜，他就這樣眼睜睜地，看著門把慢慢地、慢慢地被轉開，他緊抓著書桌，想著等等要拿起來丟，結果露臉的人卻是一臉疑惑的月妃。

「怎麼變成是我找你呀？你躲在這幹嘛？」

他發現，他已經嚇得說不出話，頭更暈了！

「你還好嗎？怎麼全身是汗、臉又那麼白！天啊！是我玩大了！是我的錯，我們趕快先走！」

月妃攙扶著他慢慢回到車上，讓他坐在副駕休息，由她來開車。

楊信富過了好一會兒，才從又是驚嚇又是低血糖的狀態恢復，他沙啞地問：「剛剛妳說是妳玩大了、妳的錯是什麼意思？那個聲音是妳用的？」

「嗯？什麼聲音？我是在說……因為那間教室曾經有老師殺了學生後，藏在置物櫃裡，到了晚上常有鬧鬼傳聞，我才故意約你上來，想試試在氣氛涼涼的地方壞壞嘛。」月妃嘟著嘴，說得煞有其事，她這次的花招確實玩過頭了，偏偏她今天穿了一身學生服，看起來特別誘人。

「先去汽車旅館吃飯，然後，妳必須要好好安慰我，我今天還要給妳別的懲罰。」

「什麼嘛，寶貝這麼膽小嗎？這樣就嚇到了？」剛好紅燈煞車，月妃藏在夜色的臉，有點模糊不清。

「怎麼可能？」

「那就好，因為這只是剛・開・始。」她說完親了他的臉一下，他卻覺得，她的吻比冰塊還要冰冷。

馬場大樓的獵奇殺人事件仍在延燒，畢竟台灣近年來雖然有過幾起無差別殺人，但像這樣把屍體當成藝術品的變態手法，是聞所未聞。

楊信富滑著手機，看著這些報導冷笑：「什麼聞所未聞，以前陳金火吃人的時候，就不稀奇了？」他拉拉襯衫衣領，覺得今天特別燥熱，大概是最近吃太多壯陽藥，在身體殘留的緣故，所以他再怎麼厭惡喝水，此刻也得灌上幾大口，好緩解那燥熱乾渴之感。

殺人事件已經過了三天，楊信富收到消息，今天起馬場大樓的封鎖線會撤掉，不過關鍵地方的封鎖線會暫時保留，他還是可以上去看看大概的位置。

楊信富特地挑了日正當頭的時段，無奈雲層厚重，陽光時而露臉、時而躲避，看起來不是個好兆頭。他想起那天在月妃面前嚇得屁股尿流的樣子，突然覺得一陣窩囊，他都活到半百了，什麼大風大浪沒見過？死個人有什麼好怕的。

他做好心理建設，往大樓內部的樓梯走去。

馬場大樓的設置很特別，中間有個ㄇ字型的樓梯，可以連接左右兩側樓層數不同的大樓。但由於大樓幾乎可說是危樓的緣故，且左側大樓的樓梯因為多次失火已經凹陷到無法走，所以目前走起來還算安全的，就屬這個ㄇ字樓梯了。

不過說安全，其實也安全不到哪。

楊信富看著鋼筋水泥都裸露在外的台階，實在有點猶豫，怎樣他都該讓助理代替他上去看的，親自來像什麼樣？真窩囊！窩囊透了！

由於樓梯崩毀到連個扶手都沒有，他只能小心地扶著牆一階階爬。沿途的牆壁有許多看起來頗新的噴漆，愈往上爬，噴漆的面積就愈多，直到他感覺到一陣濕黏，才發現手心沾染成紅色。他一怔，仔細研究才確認牆上的顏料是油漆不是噴漆，再抬頭看看牆面，那竟然是一條從五樓一路往六樓延伸的紅線，看不出想要畫什麼，因為就只是筆直地往上延伸而已。

他拿出手帕擦，擦得連手帕都是紅的，結果搞到雙手都沾了漆，頗是狼狽。

躁熱感和煩躁感並存，他壓抑著怒火，走到六樓後，小心穿過那堆碎木和水泥塊，映入眼簾的，是整片平台都被黃色封鎖線封鎖的場景。由於這個平台後方的牆面，本來就有一大片詭異的藝術圖畫，被這樣全部圍起來，他不覺得恐怖，反倒有種和諧感。

一陣風吹來，雲又把太陽遮住了，一路上他上來時並沒有人跟在他後面，但他卻隱約聽到了踩到碎木片的腳步聲。

他快步走到平台更裡面的地方，他幾乎只能沿著邊邊走，因為封鎖線的範圍很廣。他仔細看著那面牆，實在看不出來原本的死者是怎樣被分解，以及做了怎樣的處置。

喀滋、喀滋。

那個踩碎木板的聲音依然在六樓的空間迴盪。

楊信富管不了那麼多，只好先將現場拍照，回去再確認產權歸屬。

他快要走到樓梯處時，莫名感覺到有視線在看他，但六樓這裡損壞得很嚴重，四處都是破敗的木板，要想往原本的住宅區走，根本不可能，連路都沒有。很顯然，剛剛的聲音就是從走廊深處傳來的。

「先生，上來這裡要收門票，您剛剛有付過了嗎？」一個聲音從後方傳來，正是他剛剛待的平台處，他看著那名眼熟的泰國混血臉孔，心裡想的是，這裡只有一個出入口，剛剛他進去時那裡都沒有人，這個泰國人又是怎麼出現在那的？

「這裡有好幾棟我買的房子，我還要付錢才能上來？」就算害怕，他的氣勢可不能輸人。

「是這樣的，我們已經買下了包括六樓和十三樓的幾間房作為展演空間，連五樓都有好幾間被我們買下來當作旅館，您……買的應該不是這些樓層吧？所以還是要付費。」楊信富看著一個東南亞臉孔說著一口標準中文，愈聽愈不爽，這些次等公民，到底憑什麼用這種高高在上的語氣對他說話？要放在外面，這種人可是連幫他倒酒的資格都沒有！

楊信富雖有諸多不滿，但礙於正處在危樓內，他只好說道：「多少錢？」

「兩百五十元，謝謝您。」泰國人堆起營業用的笑容，楊信富是愈看愈覺得恐怖，那笑容真是令人不舒服！

他掏出三百元，本想丟在地上，但想起他剛剛顧忌的那些，只好不甘願地交給泰國人。

「謝謝您，您有興趣的話，也能去我們十三樓看看，那邊也有很多藝術品。」

「不用了。」他才剛要下樓，又疑惑地問：「你剛剛說，你們買下了五樓、六樓和十三樓的好幾間房？」

「是的，當然！」

「那還真慘啊，發生了這種事情，你要賣更困難了。」

「沒關係，我們不賣，到時也會配合政府的都更計畫。」

「這麼說，你已經賣給政府了？」

「還沒呢！但我們有承諾，等到只剩我們還沒被收購的時候，會一次賣出，在那之前，想繼續在這裡進行藝術創作！」他露出了潔白的牙齒，和他的黑皮膚形成對比，一種髒髒的對比。

「這是我們的名片，有興趣再來唷！」泰國人遞出名片，楊信富看也沒看地就往口袋塞，之後就小心下樓了。

楊信富好不容易才從那危險的ㄇ字樓梯下來，還沒緩口氣，背後就突然傳出一聲砰！他又抖了一下，他最近真的有夠常被嚇到！煩死了！

他回頭往樓梯中間一看，竟然是一個已經摔得手腳都歪七扭八的人！

從那自然捲的黑髮、黑皮膚來看，這、這不就是剛剛還在和他說話的泰國人嗎？他趕緊掏出名片，上面寫著尤成安，他嚇得直接把名片丟在地上，飛也似的跑回車上！

坐在車上，他冷靜下來。

那張沾有指紋的名片丟在那很不妥，他可不想惹禍上身，但他更不想再走回去一次，唯一的辦法就是報警了。

他又仔細想想，不對，報警的話又有很多事情會解釋不清，如果擁有那些房產的人是那個死人，他現在又在代為收購產權，怎樣都會被懷疑。

他先發動引擎離開，腦子快速地運轉。

先跑就對了，如果真的因為那張名片被找上門，就說他是上去看平台，想要確認死者的地點，否則可能會影響到產權價值問題等等，再提供照片的拍攝時間佐證，證明他是在拍完照片遇到那個人，並且被徵收了門票還拿了名片，而下樓後他不爽就把名片丟掉了。這種解釋一定能行。否則有哪個白癡在作案後還會丟一些會害自己被抓到的證據呢？

那起獵奇殺人案到現在還沒公佈是否鎖定兇手，剛剛那個泰國人突然掉下來死了，也不知道是不是被真兇殺的，他愈想愈毛，感覺差那麼一點，死的就是自己了！

他回去後，就發高燒了。

楊信富的老婆孩子都住在台北，自己則一個人在台中買了間房。他除了會固定給妻兒錢之外，根本很少回去，也算稱得上是另類的無親無故了。

所以他除了使喚助理潔玲來幫他買藥買飯，也沒別的人選了。月妃打了幾通電話和傳訊息給他，他沒有回，因為他可不想讓自己在小情婦面前的威嚴掃地，上次嚇到已經夠丟臉。

而且她那麼索求無度，他認為月妃甚至會說出，不知道發燒的人那裡是不是更燙、更好玩這種言論。

「吃不消、吃不消啊……」他再次深感自己年紀已大，快要玩不起這種年輕妹了。

楊信富不知道自己睡了多久，但醒來時，額頭上竟然放著涼涼的布，接著有個身影端著臉盆走進房，他嚇得坐起，「妳怎麼在這？」他記得從沒帶月妃回家過，更不可能讓她知道密碼才對！

月妃嘟了嘟嘴，「寶貝，你有次喝多了叫我送你回來，你都忘了？你還說，以後我就是這個屋子的女主人，你都忘了？」

楊信富才剛剛退燒，還在頭暈目眩，要想起這段模糊的記憶更是困難，「我這麼說過嗎？好吧。那妳怎麼跑來了？」

「是潔玲跟我說的呀，說你發燒了。」

「妳連潔玲的聯絡方式都有？」

月妃大大地嘆了口氣，跳到床上挽著他的手，「也是你叫人家和我交換聯絡方式的啊。」

「是、是喔。」楊信富抹了把臉，他有點恐慌，深怕自己是不是開始有了什麼癡呆症，那可不妙啊！得找時間去醫院檢查。

「我餓了，有吃的嗎？」

「我去幫你把粥熱一熱。」月妃賢慧地說道。

他一等月妃離開房間，就傳訊息問潔玲，剛剛月妃說的事情是不是真的。他在社會打滾了這麼多年，可沒蠢到女人說了什麼就信什麼，沒有證據的東西他不信。沒錯，所以那種裝神弄鬼的東西，他也不信。

「對啊！老闆上個月喝醉時，說我去接你接得太慢，以後要我直接聯絡月妃，還說她車開得比我穩，不會想吐。」

潔玲車術很爛是真的，他好幾次本來沒那麼醉，被她一直大力踩煞車踩到吐了。看來是有點可信度。

月妃說要去熱粥，卻熱了很久沒有回來，而且半點聲音都沒有。

楊信富怕她在家裡翻箱倒櫃，便疑惑地走出房間，結果不管是客廳還是廚房都沒有半個人。他走到廚房，桌上擺著一碗粥，還有一些已經吃過一、兩顆的退燒藥。

他想起曾經送給月妃的名貴包包，沙發上沒看到，更沒看到她愛穿的外套。外頭的廁所出現沖水聲，走出來的人，竟然是潔玲！

「妳、妳怎麼在這！」

「老闆……是你說不能回家的啊！還說我敢走就真的不要來了……」潔玲一臉委屈，篷頭垢面的樣子不像說謊。

楊信富立刻衝回房間，打開手機看對話，哪裡有什麼他向潔玲問月妃的事，什麼都沒有！

他越來越慌了，潔玲擔心地站在房門口，「老闆怎麼了？發生什麼事了嗎？」

「名單！我要妳幫我查的名單呢！為什麼我居然都不知道五樓、六樓、十三樓幾間房的房主全都變成同一個人了！啊！妳到底都在幹嘛、都在幹嘛！」楊信富發瘋似的開始亂摔檯燈、裝飾品，甚至把書櫃的書也都拿出來摔！

「老闆，你不要這樣……我有查給你了，你不是放到公事包裡了嗎？」

「公事包？」他疑惑地走到床邊，打開包包，果然有一份牛皮紙袋，裡面就是他需要的名單。

「什麼時候給的？什麼時候！什麼時候啊！」

「隔天一早就給了……」

他大力喘氣，試圖做了幾個深呼吸，把失控的情緒穩定回來，「我問妳，妳有沒有和月妃交換過聯絡方式？」

「月妃？那是誰？」

「林佳琪。」

「不認識。」

楊信富找到月妃的LINE，打開她的頭像，「真的不認識？沒看過？」

「真的沒有！」

「好、沒關係……好。」

「老闆，你的樣子真的很不對勁，我有個朋友在宮廟幫人收驚，你要不要去看一下？」

「閉嘴！」楊信富立刻提高音量，「我他媽看起來像中邪嗎？像嗎？啊！」

「對不起、對不起……」

「滾！」

潔玲邊哭邊拿著包包跑了，關門前還不忘說：「老闆，我先回辦公室喔。」她深怕這樣跑了，工作就真的不保。

楊信富還想再罵她滾，但看到她那麼可憐的樣子就忍住了，他覺得真的是自己不對勁。

空間再次恢復安靜，房間亂得一團糟，他的身體依然感到昏沉，也不知道退燒了沒，緩緩走到廚房打開粥，粥都已經冷了，但他為了有體力也只能將就。

吃到一半，他隱約覺得，家裡好像又有孩童的嬉笑聲，還有踩到碎木板的喀滋喀滋聲……他用力拍著頭，希望自己能夠清醒。用力拍、用力拍！拍到他都想吐了，那些聲音還停不下來。

直到手機從房間響起，那些聲音就都消失了。

他慢慢走回房間，接起電話，是分局打來的。他們不是因為名片找到他，而是從別台的行車記錄器，看到他在差不多的時間點離開馬場大樓。警方希望他能配合調查，說明原因。

他轉轉脖子，心想沒事，他都沙盤推演好了，就照他原本想好的講就行。

去了警局，警方確實不是以嫌疑人的身分傳喚他，所以派了一個和他算熟的警察來跟他對應。

「富哥，怎麼才一陣子沒見，你看起來不太對啊？不會有吃什麼不該吃的吧？」陳啟明半開玩笑地問。

「就是太累了。」

「看來最近業務量很辛苦？聽說你一直都在協助收購馬場大樓的產權？進行得還順利嗎？」

「怎麼？找我來是有什麼相關的糾紛發生？」

「沒事！就是想問問你，10月21號中午12點半你去馬場大樓做什麼，你待了半個多小時才走，是去見什麼人嗎？」

「我還能做什麼？就是去看那個被殺死的人是死在哪，有沒有影響到哪個產權。如果有影響，我還可以讓那些擁有者更有理由賣，我就為了這個去的，還拍照了。」楊信富按照計畫丟出手機，陳啟明立刻確認照片的拍攝時間。

「是喔，那你怎麼這兩天，突然聯絡不上人？我打了好幾次電話給你。」

「我發燒了，一退燒就到你這來。」

「原來如此，請保重啊。」

「所以，你已經有打算要去聯絡房產持有者了嗎？六樓的？」陳啟明接著問道。

「有啊！等我回去調查一下，找到資料就要聯繫啊。」

「這樣啊。」

「你們警察辦案不方便透露，我也不會多問，但現在我已經解釋完我的部分，我可以走了吧？剛生一場病，我現在很累。」

「是，沒問題了。如果之後有其他問題，再拜託一下，來幫個忙！」

「行啊。」

彼此虛假地寒暄一番，離開偵訊室，楊信富發現根本沒有人在隔壁監聽的樣子，就放心多了，至少他並沒有被當成嫌疑人。

楊信富出了警局後覺得頭腦清醒很多，人家說警察有正氣果然不假，不管有什麼牛鬼蛇神，這下子他都覺得邪氣散了、好多了！

他決定打給電話給月妃，看看她到底在哪。

「寶貝！你終於回我電話了！我很擔心你耶，你是不是昨晚又去哪間店喝多了？」

「妳想問的不是這個吧？妳想確認的應該是我有沒有新歡吧？」

「這個我又沒差，你有，我也有。」

他一聽，臉色馬上沉下來，還來不及說話，月妃又接著說，「開視訊，給你看我新歡。」只見鏡頭內是一隻紅色貴賓犬，看起來模樣相當可愛，還對著鏡頭叫了兩聲。他仔細看著背景，背景是在月妃家，是他替她租的房子，沒有錯。

「要來找我嗎？」

「妳好好陪妳的新歡，我有事要處理。」

「喔……」

「乖，忙完就去找妳。」

月妃很正常，潔玲也很正常，唯一不正常的就是楊信富的腦袋，那些混亂的記憶都像真的，難道他不小心喝到了「咖啡」？是前天那間酒店的哪個小姐給他偷倒在杯子裡嗎？

他回了家，洗了澡，把那些亂七八糟都收拾好後，打開了牛皮紙袋，查看最新版的產權持有者清單。

這清單他很久沒更新了，畢竟根本沒人想要買這種爛地，又不是白癡，就連都更的收購，也都只有和他合作的那個何老闆在收，根本不需要浪費時間更新。沒想到他錯了，清單上這個泰國混血尤成安，在幾年前陸續收購了很多地方，尤其是他一直聯絡不上的那幾戶，全都賣給他了，這很詭異，不太可能。

那些人的聯絡方式不是空號就是失蹤，一個次等人是怎麼找到的？

而且現在他還死了。

楊信富想著要不要打電話聯絡看看，確認跳樓死的到底是不是尤成安，但又擔心留下了紀錄，怕警方懷疑。

他仔細地豎耳傾聽，家中沒有那些奇怪的聲音了，都是幻聽。

他想起吃一半的粥，走到廚房要吃，卻發現不見了！

「我吃完了嗎？沒有啊，那個時候接到電話就出門了啊！」他打開垃圾桶，找到了那碗粥，碗裡乾乾淨淨，確實吃完了。

慌張帶來的麻癢感從腳底竄上來，他雙手撐在廚房吧台，環視整個屋子，這要不是他真的遇鬼，就是有人在搞鬼！他可沒這麼好騙！

他立刻出門去買了室內監視器回來，在房間和客廳各放一個，剛好可以完整看到家裡的全部角落，連上手機後，更可以隨時查看家裡動靜。之後再有異常發生，他就不信抓不到！

忙活了大半天，他餓得兩眼發昏，只能找出泡麵來吃，等待泡麵時，他突然感到可笑，自己賺那麼多錢，怎麼一日三餐還是吃這麼不好，要是沒和客戶去喝酒，他幾乎不會好好吃飯。

想起了慘，他察覺到一點不對勁，他重新拿起那份更新過的清單，仔仔細細地看過尤成安買下的那些房子，他總覺得，哪裡不對，好像有什麼很眼熟。

泡麵，在他思考的時候又爛了。賺得再多有什麼用，他每次吃的不是冷的就是爛的。

「月妃啊，妳平常還有在做什麼兼職嗎？比如說直播之類？」

楊信富還是把月妃叫來自己家了，月妃說這是她第一次來，她很開心，為了慶祝第一次來訪，她買了兩大袋食材，要親自下廚，展現自己的廚藝。

「沒有啊，有你養我，我幹嘛還要那麼辛苦？」月妃熟練地切著菜，刀工很好，每一條肉絲切得大小剛好，並整整齊齊地放在砧板的一邊，準備下鍋。

「我看妳好像有時比我還忙，經常不見人影。」

她露出俏皮的笑容，「人家有在進修啊，還是要念一點書嘛。而且你剛剛都讓人家裝那個位置追蹤APP了，還怕找不到我？」

「也是。那妳在哪間學校念？」

「我才沒興趣去學校呢，就自己買點參考書回來念。」

他鄙夷地笑，「妳讀得懂？」

「當然！別看我這樣，我的學習能力很好喔！看！廚藝也是自學。」她拿起鐵鍋，下了飯和蛋，竟然還表演了甩鍋的技藝，看起來相當熟練。就連飄散四溢的香氣，都和她的人一樣誘人。楊信富吞吞口水，本來想專心套話的，現在他又開始想歪了。

沒一會兒，兩盤色香味俱全的炒飯上桌，月妃笑了笑：「你先吃這個，等等才有力氣炒別的。」

「今天不行。」

「為什麼！」

「我等等還有事要辦。」

月妃失望地癟癟嘴，但眼神卻透著不明所以的期待，她盯著楊信富狼吞虎嚥的模樣，很是滿意。

「妳怎麼不吃？」

「看你吃那麼開心，就忘了吃。」她跟著一起吃，但吃了一半就吃不下了。然後不等楊信富拒絕，她已經爬到餐桌下為他服務。明明幾分鐘前楊信富還拒絕了她，這下可好，她實在太過主動，只能投降。

等到楊信富清醒，已經分不清是幾點了，他伸手拿了手機，發現床邊沒有人，手機裡的時間是凌晨兩點多。「月妃？」黑暗的房間看不到人影，開了燈，這才發現房間內整整齊齊，沒有原先為了情慾放縱而散落的衣物，也沒有月妃的東西。

這種既視感讓他產生戒備，他起身走到客廳，只見客廳的四處都散落著一堆土地證書，撿起其中一張一看，竟然是馬場大樓的！

他步伐踉蹌，一張又一張地撿，散落在客廳的全都是馬場的，其中有一些是他沒能收到手的，還有一些年份更久的，以及看起來不知道第幾手的土地證書。

「到底是誰在搞鬼！月妃嗎？」

他衝到廁所，結果廁所浴缸被放滿了水，裡頭溢出來的水呈現血紅色，鏡子上還用口紅寫著：「楊信富。」

小孩的笑聲又出現了，他感到天旋地轉，腳一滑就摔倒了！砰！他摔到後腦勺昏了過去。

等到他再次醒來，已經是早上九點多，他好好地躺在自己的床上，唯有仍在疼痛的後腦勺，讓他吃痛哀嚎。

「會痛，代表昨天是真的。」

楊信富走出房間，果不其然客廳哪有什麼土地權狀，走到浴室，更是乾乾淨淨什麼血水也沒有。

他拿出手機看監視器畫面，直接倒轉到昨天半夜兩點多，然而卻什麼也沒有，就連凌晨一點多到兩點多的畫面也是漆黑一片。他往前倒轉到晚餐時間，可以看到月妃在煮飯，最後他們兩人吃完後，月妃不但沒有從桌底下爬去找他，而是收拾了碗盤就離開了！

「這怎麼可能！不可能啊！」

他猛力地拔著頭髮，就算想破了頭，也想不出所以然。

昨天他明明就看到了那些……頭上也確實有傷，但為什麼監視器的畫面和他的記憶不相符？

肯定是中邪了。

就在那天晚上去那個小學、去那間有問題的教室後，他一定是卡到什麼髒東西。

他決定去拜拜。

去他最熟悉的那間城隍廟拜。

楊信富在出門前照了鏡子，覺得自己的臉色愈來愈差，黑眼圈也愈來愈深，「媽的！是什麼髒東西敢跟著我！」

他整天要處裡何老闆的案子就夠麻煩了，還被跟！這要是傳給同行聽肯定會被笑死。

楊信富購買完供品就出發來到城隍廟，他才驚覺自己很久沒來了。以前他剛踏進土地開發這行，那時客戶對他的能力還不信任，做了一年都沒成交半個案子，後來他協助前輩，幫忙收了一些價值比較低的產權後，有引來一些爭執，那些人整天跑來公司鬧，他都以為要失業了！還好當時就是來拜城隍才有了轉機，那些糾紛不但順利解決，還因此讓一些大客戶覺得他不錯，就找上了他。

他們這行搞土地開發的就是這樣，客戶要的就是可以不擇手段把該整合的產權都拿到手，讓土地可以順利進行開發，至於過程如何客戶都不管，所以客戶看上的，就是楊信富的不擇手段。

楊信富拜沒一會兒，許久不見的莊經理竟然也來了。

「楊經理？」

「莊經理，你也來拜啊！」這個莊經理是資產管理公司的，跟他們土地開發也算是亦敵亦友的關係，不過他最近已經很少幫資產管理進行整合了。

「太久沒見了！約酒局你也都不來，難道是最近健康不好？」

「是啊，身體是有點不舒服，所以來拜拜。」

「我還以為你是有了大客戶，就忘了我們了。」

「怎麼會？等我好點再約！」簡單的客套結束，楊信富感到不屑。這個莊經理，不管和誰交情多好，每次手續費都只給３％，換作任何人，如果有出現更好的對象，當然不會選擇跟莊經理合作。

「聽說你在忙何老闆的案子，那個馬場現在真是個是非之地啊。」

「又怎麼了？」他停下步伐。

「聽說這兩天開始鬧鬼，又傳出一些違法收購的傳言，我看你還是小心點吧。」言下之意就是希望楊信富如果走投無路了，還可以考慮回頭和資產管理公司合作。

「謝謝啊！」楊信富完全不把莊經理放在眼裡，回到車上，他看了一下新聞，果然都是關於馬場的，畢竟那裡最近連續死了兩個人，現在又鬧鬼，照這樣負面新聞一直延燒的話，他有很大的機率可以收到其他住戶要出售的消息。

「主要，還是那個尤成安。」楊信富盯著通訊錄，看著那行遲遲不敢撥出的電話，最後在兩難的掙扎之下還是撥了，結果電話卻只響了兩聲就被切斷。

沒過一會兒對方回撥，聲音令楊信富耳熟。

「請問哪裡找？」

「是尤成安嗎？」

「你是？」

「我是楊信富，做土地開發的，有些關於馬場大樓的事情想跟您談談，您也知道最近這裡負面新聞那麼多，我的委託人何老闆有意進行都更，您如果有興趣將手上的房子賣給我們的話……」

「看來，你真的把我當成尤成安了。」

「……」

「我是陳啟明。」

「陳警官，怎麼是你啊？」

「因為你要找的人，已經過世了。看來你跟這個人的死亡，似乎真的沒有關係。」

「當、當然沒有啊！不過，等等！如果他過世了，那他有沒有什麼繼承人？我沒時間管他是死是活，他手上的房子才是要緊的。」

「我可是警察，怎麼可能告訴你這個，你好自為之吧，如果又出現什麼間接證據，我不排除還是會請你來聊聊。」

「陳警官，別這樣，真的跟我沒關係。」

「好啊，沒關係的話改天再請我喝酒吃飯，就相信你。」

「行啊！」

楊信富掛掉電話，嘖嘖兩聲，又接著打給助理潔玲。

「老闆，您是要問尤成安的事對嗎？」

「嗯，妳先說說看。」

潔玲的聲音聽起來很興奮，好像自己完成了很不得了的工作，「我查到了喔！尤成安還有個母親住在泰國，他現在已經確定身亡了，所以房子會由他的媽媽繼承……不過，我擔心她支付不出遺產繼承稅會採用拋棄繼承，這個部分我會再確認。」

「妳先估一下繼承稅大概多少，立刻回報給我。」

「沒問題。」

楊信富真的覺得，這整件事，沒一件省心的。

那個尤成安真的死了，但是……怎麼看他都不像是一個準備要死的人啊？他還記得那天尤成安出現得很詭異，還硬要跟他收門票，收完門票就墜樓死了？難道……他**真的**是被另外那個案子的兇手殺了？

楊信富覺得自己明明已經拜拜過了，但他一點神清氣爽的感覺都沒有，反倒被這些糟心事，煩得都快死了。

此時月妃傳訊息來說，她想要回鄉下兩、三天去看媽媽，他頓時鬆了一口氣，覺得自己終於能好好休息了。

楊信富忙活了一天，到了晚上手機不斷跳出訊息，不是酒店幹部的 CALL 客訊息，就是酒店小姐的，再不然就是幾個酒肉朋友傳的，每個人都叫他去喝，但沒有人會關心他會不會喝死了。

他把手機關機，看著冰箱那些剩下的食材，他也不會煮，只能拿出泡麵再加個蛋，想到月妃還買了豆腐，也加了一些進去，多增添點味道。

吃完了麵，他就這樣倒在客廳的沙發上呼呼大睡。

睡著睡著，他被冷醒，是那種彷彿冬天寒流來襲的冷！冷到他的牙齒都不停打顫，才發現客廳的冷氣竟然被開到十五度左右，並且他四處找了半天，都找不到遙控器。

他又喘又冷，頭又昏。

突然冷氣發出嗶的聲音，它自動關了。

屋內一片寧靜，什麼聲音也沒有，他不信邪地走到浴室看，這次沒有血紅的浴缸水，一切都很正常，好像那個冷氣只是故障自己打開了似的。

他坐回沙發，仔細看著家裡的動靜，想知道到底是誰在他家搞鬼，「出來！媽的！出來啊！」他喊了半天，除了些許回音什麼都沒有。

「媽的！整我啊！」他都拜拜了還是不乾淨！看來應該要找個道士來家裡做法了。

楊信富就這樣睡睡醒醒，整夜都睡不好，直到了天亮，他覺得自己的體力愈來愈差，於是吃幾顆保肝藥提神。

就在他還在恍神時，何老闆打電話來，「富欸，我聽說最近那棟大樓出了一堆事，要拋售的人更多了，你應該都有好好掌握吧？」

「有的、有的，這麼好的機會我當然不會錯過，順利的話，可能近期這些產權都能搞定，何老闆您就等著都更計畫推進了！」

「真的？不會有什麼問題吧？之前那些跟資管公司有綁定的人呢？」

「資管綁定的都解決了，現在剩下的全都是私人持有，保證不會有問題！」

「嗯、交給你自然是放心。不過……你最近是不是很久沒跟我吃飯了？」

「您想吃幾號幾點，都行！我來安排！」

「我等等讓助理幫我找個空閒時間，我們是該聚聚了。」

「沒問題！」

結束了通話，楊信富的表情立刻從諂媚變成不屑。何老闆說得好聽是要找他聚聚，但事實上是想確認現在整個企劃的收購進度，以及想知道他有沒有自己偷偷低價買了一些，又高價賣給他。他當然有這麼搞，但會在何老闆發現之前解決。

「媽的！祢們這些髒東西給我離遠一點，別等我氣瘋了直接叫道士把祢們搞到不能投胎！幹！」楊信富對著空氣叫囂，並順手確認監視器，果然他睡著後畫面沒有任何動靜，冷氣確實是自己打開、自己關掉，而那消失的遙控器，到現在還找不到。

他撥電話給潔玲，詢問遺產稅到底算完了沒。

「老闆，是這樣的，尤先生的媽媽今早已經搭飛機來台，現在這個時間差不多要抵達了。」

「她那麼快來幹嘛？她有錢付遺產稅？妳剛剛不是說估算起來要五百萬左右嗎？若是那樣她至少得付五十萬。」

「她不是為了遺產稅來的，她說想見兒子一面。」

「妳怎麼知道？妳跟她本人直接有聯絡？妳懂泰文？」

「老闆，我確實不懂泰文，但如果是訊息往來的話，可以直接用ＧＰＴ翻譯，並沒有那麼難。而且……我是說了一點小小的謊，她才和我保持聯絡。我告訴她，她兒子正在和我們談要賣房子的事，但因為突然過世……」

楊信富一聽，心都冷了！

「妳居然這樣跟她講？然後她一抵台還要去警察局認屍！妳、妳……」他氣到想罵人，但是又不想多被一個人知道，自己那天的行蹤可能和尤成安的死有關。

楊信富焦躁不安地在家裡走來走去，手機又傳來何老闆助理的訊息，上面寫著今晚七點在來來海產店訂了位子，請他準時抵達。

他覺得口乾舌燥，打開水龍頭倒了一大杯水，一口氣喝完還是覺得渴。事情，全都攪混在一起。

楊信富就算再怎麼焦躁不安，也只能暫時聽天由命，他打起精神換了身乾淨的西裝去見何老闆，這位何老闆可是他手上最大的客戶。從去年年初開始，何老闆甚至在籌備製造一艘自己的運輸船，那可是幾十億的工程，都花了那麼多錢，何老闆還能繼續收購大塊土地蓋大樓，只能說他的財富深不見底。

何老闆早早就在餐廳了，見到雖然沒遲到，但還是比他慢來一些的楊信富也不生氣，他已經習慣了這些人鞠躬哈腰的樣子。

「沒事、沒事，我剛好都點完菜了。」

「那我慢來先自罰三杯！」楊信富相當擅長炒熱酒桌的氣氛，哪怕只有他們兩個人和何老闆的兩個助理，他也能將氣氛變得歡樂又放鬆。

酒過三巡，楊信富陪著何老闆話家常，等待那冷不防的正題會穿插進來。

「對了，你今天早上說都搞定得差不多了……但我警局的朋友跟我說，五、六樓有個房主，他最近似乎被人謀殺了，在釐清案情之前，他那些財產有辦法順利過繼嗎？以及過繼者確定會賣？」

「不愧是何老闆，人脈真多！這點您放心！他的繼承者是泰國的媽媽，今天已經抵台了！我的助理一直有和她保持聯繫，相信她也會想賣一賣再回去泰國，不難搞、不難搞。」

楊信富說著，接下了一杯何老闆的敬酒。

「是嗎？那你的嫌疑也確定排除了嗎？如果沒有排除，我看你也很難買吧？那幾間要不要還是交給你們公司其他業務來負責會比較好？我可等不了那麼久，要是被別人搶了先機，再高價來賣我，我不會太高興呢。」何老闆的語氣一貫地輕鬆，但說出來的話，每一句都讓楊信富冒了不少冷汗。

楊信富正要解釋，何老闆卻擺擺手，接聽了一通電話，「沒問題，你可以進來了。」

不一會兒，陳啟明進來餐廳包廂內，他對著兩位笑了笑，「哎呀！真是打擾兩位用餐了，但可能需要楊老闆跟我再去局裡坐一坐。」

「沒事，我們都聊完了，富欸你可以去忙。」

「這……」楊信富在心裡嘖了一聲，覺得他最近自從被髒東西跟到之後，運勢也跟著不好了！什麼都不好了！該死！該死！該死！

「楊老闆，沒事吧？你的臉色好像又比上次看到更差了，確定最近沒在用什麼奇怪的東西吧？」

「沒事，我就是太累了，都一直在工作嘛！那何老闆，我們保持聯絡。」

「當然。」即使何老闆笑著這麼說，但楊信富知道，自己八成要被換掉了，而他手上還有三間馬場的房子還沒脫手，若真的換人，何老闆一定馬上就會發現他動的手腳。這下子他就完了。

但他是誰啊？他是楊信富。是那個從什麼都不懂的小伙子，不擇手段爬到現在這種地位的楊信富！他才不可能讓這件事發生。

眼下，只要快點處理好他的嫌疑就行。

陳啟明看楊信富的臉色實在太差了，還特地外帶了兩份炒飯，兩人就這樣在偵訊室面對面坐著，陳啟明不管他吃不吃，自己先吃起來。

「先吃啊！吃飽了我們才有力氣聊聊。」

「有水嗎？」

「這邊有兩瓶，都給你。」

楊信富先灌了一整瓶的水，也好讓酒氣散一些、頭腦清醒一點，他乖乖吃飯，一口氣全吃個精光。

兩人都飽餐一頓，陳啟明馬上就問：「我想問一下，關於你這行要找賣家、買家這種事，斡旋最開始時，你都是怎麼和對方接洽的？」

「最開始的接洽交給助理，我可沒那麼多時間。」

「嗯、接洽之後，對方難道不會想跟更有話語權的你，面對面聊聊嗎？」

「會啊，有些我會和他們通話談。」

「所以你和尤成安原本有通話過了嗎？」

「沒有，我相信你也查過我的通聯，完全沒有過紀錄。而且……那天我是第一次打給尤成安，你也證實了啊！」

「是啊，那還真是奇怪，他的母親表示，你們已經談得差不多要交易了，這又是怎麼回事？」

「陳警官，話術啊話術！我不這樣講，等她搞完繼承了，賣給別人怎麼辦？這到嘴的鴨子可不能飛啊。無奸不成商，我不過就是說了點話術而已。」

「我當然知道這其中的眉角，但為什麼你之前不積極接觸呢？尤成安擁有那幾間房，已經不是最近的事了，怎麼偏偏他都死了你才開始行動？」

「我之前不知道啊！我的助理一直沒更新房主名單，我怎麼知道中間有被別人買去了，說到這個就氣啊！」

「所以，你確定都沒有見過死者活著的時候吧？」

「是。」

「上次請你提供你在案發當天，在馬場上拍的照片，這張照片的窗口，拍到了半張尤成安的臉，你要怎麼說？」陳啟明把電腦轉了過來，並且放大照片，尤成安的臉真的出現在照片的窗戶中。

「這不可能啊……他那個時候……」

「那個時候？」

尤成安那個時候明明是從六樓平台那一頭出現的，那時他才剛拍完照沒多久，但照片中的窗戶，卻是在平台之外，如果說尤成安在那時躲在那堆爛木材裡的話，走出來時應該會發出更多的聲音才對。

但此刻，楊信富卻怎樣都想不起來，那天他到底有沒有聽到什麼巨大的聲音，他的腦袋都是最近鬧鬼那些有的沒的，記憶完全混亂。

「那個時候怎麼了？」

「那個時候，我很確定窗戶的另一邊，那些雜物跟爛木頭的數量多到，是無法躲一個人的。」

陳啟明笑了笑，剛剛為之凝結的氣氛瞬間消失，「是啊，我也是這樣想的。今天一樣辛苦了，謝謝配合。」

「我可以走了？」

「不過……下次來你臉色再這麼差，我可能會需要你配合驗尿了。」

「隨便你驗！」

鈴鐺聲和道士念咒的聲音迴盪，道士一手拿著羅盤，一手拿著鈴鐺，在楊信富的家四處走動，念念有詞的聲音反倒聽著更加悚然。

楊信富站在門邊，看著道士步步淨化屋子，難得現身的潔玲則緊緊盯著道士的動作，好似第一次看到這種作法，覺得很新奇似的。

「老闆，真不愧是網路上推薦的，我覺得這個道士好像真的很厲害欸！」

「我不管他是不是真的厲害，如果還是沒效，妳想辦法給我再生一個。」

「那、那再請一次的費用，不會要從我的薪水扣吧？」潔玲一臉委屈。

「妳說呢？」楊信富不屑地笑了笑，隨手拿起手機去外頭講。

「何老闆，當然啊！我就說了怎麼可能會有問題，您看今天不就通通該收的都收給您了？五、六樓和十三樓那幾間？那些都在手續準備中了，這部分快不了不能怪我啊，您說是嗎？如果您能拜託您的一些朋友，快點讓人家母親繼承，那就好辦多了嘛！是嘛！」

前天楊信富一離開派出所，當天晚上就去找了幾個道上的兄弟喝酒，花下重本讓他們強制處理了一些死都不願意賣的小戶，而且用的還是最低價，這樣好的事情傳回何老闆耳裡，自然就打消了要換人的想法。

楊信富很滿意，但也不太滿意。那幾個小門小戶的傢伙，非要等他來硬的才肯賣，之前給他們的價錢那麼好還不要，現在這種賤價，果然適合這樣的賤民。

他轉轉脖子，覺得現在精神變好了！接下來就剩把這髒東西從他家趕走，一切都會順了。

道士接著開始在他家的各個角落灑水淨化，差點要灑到監視器時，他還趕忙阻止。說起這個監視器，這兩天有時畫面會全黑，好像錄不到東西，但明明都是開著的，這點讓他覺得很奇怪。而且那個黑色畫面看久了，好像隱隱可以看到有雙眼睛藏在黑暗裡似的，非常不舒服。

無論是哪種不舒服，該滾出他家的，今天都給他好好滾出去。

「潔玲，妳不是跟那個女人約十一點，妳確定她找得到路？」

「是的，我相信沒問題。」

「翻譯呢？找了嗎？」

潔玲垂下頭，「因為臨時要找泰文翻譯有難度，所以我會用這個翻譯器協助您！」她手拿一支觀光客用的翻譯器，滿臉委屈。

楊信富倒抽一口氣，本想罵人，但人家道士神靈都在驅邪，只能忍住，「妳這次的事，我記住了。」

「老闆，請相信這個翻譯器真的好用！」

道士驅邪完畢。雖然說如果再買點幸運飾品可能會更好，但楊信富可沒迷信到這種程度，付完差不多的費用就請道士離開了。

楊信富算算時間差不多，就讓潔玲開車載他到馬場大樓附近的咖啡廳，這個地點是潔玲找的，她想如果聊一些和尤成安相關的話題，也許可以讓沃拉納特女士心軟，更願意敞開心胸和他們聊聊。

「聊什麼聊，會想聊聊就是想獅子大開口，人類都是貪的！」楊信富對於潔玲的想法很是不屑，他一點都不覺得這次會面，單純只是為了聊尤成安的事。

他倆準時抵達咖啡廳，角落座位區已經坐著一名頭髮半白的泰國女人。

令楊信富很驚訝的是，沃特納拉看起來才四十多歲，一點都不老。

潔玲尷尬地湊上前揮手打招呼，馬上對著翻譯器說話，「沃特納拉女士您好。」

「你好，你們就是土地交易的人吧？」翻譯器翻出來的中文，有那麼一點奇怪，但他們聽得懂。

「是的，我叫做潔玲，這位姓楊，是我的老闆。」

「楊老闆，你好、你好。」沃特納拉用著充滿口音的語調說道。一分鐘前，楊信富還覺得沃特納拉雖然四十多歲了，但風韻猶存，現在一開口說話，什麼想像都沒了。他仔細看，沃特納拉真的長得和那天的詭異男很像。
「您對於我們翻譯給您看的合同是否還有其他疑問呢？」潔玲直接問道。
沃特納拉欲言又止，「其實，我是想知道，他是不是就是從那個大樓上掉下來的？新聞上的畫面，好像是那。」
潔玲此刻頭低得很低，顯然約在這裡，並不是她的主意，而是沃特納拉一開始就和她講好的。
「對的。」楊信富拿出了營業用的親切，即使這個親切裝得很不自然，他的臉一直微微抽蓄。
「那你們，可以陪我去看看嗎？」
翻譯器傳達出來的言語，對上沃特納拉楚楚可憐的表情，楊信富無法拒絕，只能順從。
三人一起來到ㄇ字型的樓梯口，接連發生兩起死亡事故，這裡就算沒有被黃線圍起來，根本沒有人會想從這裡穿越路過。
就算楊信富覺得有陰影，但也沒辦法，一行人由他墊後，慢慢走上這崎嶇的樓梯，一層又一層，他們來到了六樓。六樓經過這陣子警察或媒體等踩來踩去，那些原本擋路的廢棄木材少了不少。第一次來的沃特納拉，不知道走另一邊可以繼續往上，很自然地順著方向往平台那走，好似她已經先來過一遍。

楊信富一直墊後，原本是想觀察沃特納拉而已，但他發現那個平時在自己面前唯唯諾諾的潔玲，看起來卻一點害怕的樣子也沒有，她的表情更像是，他們只是在逛超市般那樣自然輕鬆。

這可是死過人的現場啊。

尤其是那個屍體被拆成一塊塊釘在牆上的案子也還沒破，他們現在要去的，可是**那個**現場喔！潔玲就這樣若無其事地跨過門檻，走到平台內。

「沃特納拉女士，請小心！」潔玲說道。

楊信富沒有急著追上她們，而是刻意停在有窗框的地方，仔細看了看是否能有容納一個人的空間。如果以尤成安那種纖瘦體型，想要在這裡擠一擠還是有可能，加上他那次來內心太過害怕，拍完照經過這時，可能不會注意到有人躲著，所以最後他看到尤成安是從他後方出現，那就很合理了。

——所以啊，根本就沒有什麼鬼，都是自己嚇自己。

楊信富確信這點，突然覺得今天花那筆錢做法很浪費，他家最近肯定有人在搞鬼，搞鬼的人要不是潔玲就是月妃。

不對，月妃確實人還在鄉下。

他每天都會確認月妃的手機信號顯示位置。他自從那天分不清夢魘還是現實後，就要求她安裝了這個 **APP**，為的就是揪出那個裝鬼嚇他的人。

這樣就很明顯了，肯定是潔玲在搞鬼。

楊信富若有所思地皺著眉，再次踏入平台，發現她倆竟然在那面死過人的牆面前，不知道在聊些什麼。

「所以您其實和尤先生至少十七年沒見過面了？」

「是啊……就連聽說他爸爸過世後，他也不願意見我。」沃特納拉說得傷神，潔玲也聽得入戲三分，眼眶都跟著紅了。很會演戲。

楊信富的疑心一旦上來，看什麼都不對了，他現在愈看潔玲愈有問題。

「所以，您在意的是，您怕他不願意讓妳得到這些財產？」

「是的，我有查過一點法律，好像其實可以不繼承……」

「沃特納拉女士，您在說什麼？」楊信富這時營業用演技也上身了，他可不能讓她有這種想法！

「家人間都是這樣的，愈有誤會，就愈不想解釋、不想見面，但心裡都是把對方當成家人的，您不也是這樣愛著您的兒子嗎？所以請您一定要接受他留下來的愛，好好照顧自己的晚年，他一定會很開心。」

沃特納拉聽得哭了！楊信富和潔玲對望一眼，兩人的眼神似乎各懷鬼胎。

這次他們三個人好好地離開馬場，沒有人在那之後突然摔下來死掉，楊信富安心了一些。

「沃特納拉說，等她那邊程序一跑完，就會和我們聯絡，剛剛給她簽的那個合約雖然還不具效力，但她似乎當成那就是正式簽約了。」

「做得很好。」

潔玲一聽，雖然在開車，但笑得嘴巴都快裂開了！

「謝謝老闆！」

「潔玲，我如果突然跟妳說，明天妳不用來了，妳對我會有什麼感想？」

「什麼？老、老闆……我是不是又做錯什麼了？請告訴我，我可以改！」楊信富瞇眼看著她，看了半晌。

「沒事，當我沒說。」雖然他很想寧可錯殺一百，但現在需要用人，只能先防備著。

車內氣氛變得尷尬，潔玲小心翼翼地把楊信富載回家，甚至還下車鞠躬，就怕自己表現得不夠謙卑，會突然被革職。

楊信富慢慢走進電梯，直到電梯門關上前，他都看不到彎著腰的潔玲，是什麼樣的表情。是詭計得逞？還是真的無辜委屈。

人這層皮，終究內裡都是隻野獸，看似社會化了，但事實上和野獸沒有區別。

楊信富久違地一夜好眠，沒有突然冷醒、驚醒，沒有怪聲，看起來就像是道士驅邪奏效似的。

一切的破事都在好轉，只要他快點把馬場這個案子結束掉，他到明年底都不用有新的成交也無所謂，錢絕對夠花。

他打開訊息，看到月妃說要從鄉下回來了，他沒有急著回，而是先確認道上兄弟那些人傳的。看起來是最近手頭緊，他們要求再多給一些。煩躁感從他的胃裡慢慢湧上，每當他這樣煩躁的時候，就很想找多人性愛或是特殊性愛來發洩。

他回覆會馬上再轉三十萬，接著用力地把手機摔到桌上。順著視線，他看著那個自己買回來的監視器，突然感到不舒服，於是乾脆把監視器拔掉，並且用力往牆上砸！一下又一下！都還是不足以讓那個煩躁感消失。他把監視器丟到垃圾桶，接著又去冰箱翻箱倒櫃，那些月妃買來的菜都已經壞得差不多了，根本沒有東西可以讓他吃，他大聲吼叫了一聲！這才順了順呼吸。

「媽的！都是那些死人害的。」楊信富一直很不懂，為什麼就是有些窮人，要死不自己躲在一個地方死，偏偏要來找他鬧、找他吵，最後還故意死得讓他知道，好像這樣就可以讓他夜不能寐似的。

「我睡得好得很，你們一個個，自己活該去死。」

「寶貝，你在自言自語什麼啊？」月妃不知何時已經站在玄關了，這次他當然記得，他有把密碼告訴過她。

「這麼快就到了？怎麼不讓我去接妳。」

「想給你一個驚喜嘛！」月妃今天的穿著，是火辣的黑色緊身洋裝，細白的大長腿，光是在楊信富面前走動，就引得他蠢蠢欲動。

「你看！我媽做的臘肉，她讓我一定要分你一條。」月妃打開放在保冰袋裡的臘肉，用報紙裹著的樸實感令人懷念，楊信富卻皺了皺眉頭，總覺得他好像在哪裡看過這樣的肉。

「我又不會做，放我這應該很快就會壞了。」

「又沒關係，這個冰在冷凍庫可以放很久，只要我有來，我就做臘肉飯給你吃，很好吃喔！不過，我看你現在好像更想吃我欸？」

「誰叫妳回去那麼多天。」

「不過現在不能給你。」

「為什麼？」

「因為你要保留體力到晚上才行啊。」

楊信富馬上猜到，露出邪笑，「看來妳又要搞點特殊花樣了，就妳會玩。」

「所以你才會這麼愛我啊！」

「我今天確實煩躁得很，想玩點大的。」

月妃眨眨眼，「都交給我準備，你只要準備好體力就行。」

楊信富一聽，腦海只想著，不知道剩下的壯陽藥夠不夠用。

晚上九點。

這種時間很尷尬，是夜幕低垂過後，乖孩子都回家的時段；是那些只在夜晚出沒的人，甦醒的時段。

楊信富萬萬沒想到，等了一個下午，等到晚上的地點，會是這個最近煩他煩得要死的馬場大樓。怎麼偏偏該死的又是這裡，這裡已經煩到他就算有吃藥，都可能勃起不起來的程度。

他依舊把車開來樓下停好，往上望了望那好似盤旋在空中的飛碟屋，遠看好像還有那麼回事，事實上那裡經過了幾次火災，早就變得殘破不堪。他是沒上去親眼目睹，只看過潔玲給他的照片。

「那種地方……是能搞什麼花樣？」

月妃的訊息再次傳來，只見照片中的她一身異國風情舞孃的裝扮，看起來比平常又更加嫵媚性感，她還拍了段短影片，地點在十三樓的頂樓，她竟然佈置了許多露營用夜燈，詭譎又魅惑的氣氛，神祕得讓人想一窺究竟。最重要的是她還準備了粗細不一的皮鞭、口枷等重口味的道具，他的興奮度一下子就被提升起來了。

他立刻回訊：「馬上上去。」

楊信富雖然很興奮，但一走到ㄇ字樓梯時，想到那裡死過人，還是有點毛毛的。他打開手機的手電筒，比白天來時更加小心地上樓，走到六樓，他繞到對面的樓梯，繼續往上。中間有幾度，他都覺得要上不去，畢竟愈往上的樓梯，就愈加殘破危險，但他想著月妃都能上去了，應該是沒問題。

他已經不知道自己爬到幾樓了，神經一直緊繃，再加上藥效已發作，他停下來喘口氣，原本不害怕的悚然感又回來了。

他決定打給月妃，讓她陪著說說話。

「寶貝，還在爬樓梯嗎？」

「是啊，快到了，有點喘。」

「那我陪你聊天？」

「好啊，因為等等可沒機會讓妳聊了。」

「哇！看來寶貝今天會很努力唷！對了，你還記得我之前跟你說過以前這邊有很多恐怖傳聞吧？」

「不用以前，光最近發生這麼多事件，就已經夠恐怖了，虧妳還敢一個人上來，都不怕遇到那個殺人犯？」

「有什麼好怕的？遇到了，就讓他加入我們。」

「妳這個色鬼！」

「別打斷人家嘛，就是……」

楊信富聽到電話傳來插撥的聲音，一看是潔玲，他沒讓月妃說完就直接接聽插播了，潔玲會直接跳過傳訊息用打的，絕對不是什麼好事。

「怎麼了？」

「老闆，那個尤成安的媽媽死掉了！」

「妳說什麼？怎麼可能？妳怎麼知道的？」

「我從新聞上看到的，新聞報導說，尤成安沒死，不……他現在也死了。總之原先死的人不是他，他在今天下午殺了自己的媽媽，後來被人發現時，他也死掉了，新聞報導說他可能是先殺人再自殺。」

「妳到底在說什麼？」

「老闆你看訊息，有新聞報導。」

楊信富緊張地點開新聞，果然如潔玲剛剛所說的一樣複雜，簡單來說就是能繼承的人都死了，這下子產權可就麻煩了。

「死來死去，煩死了！」他咒罵出聲，是真的覺得煩！

月妃催他的訊息再度傳來，他沒有點開，而是加快步伐往上。管他那些人到底怎麼死，反正都發生了，他先爽完再說！

楊信富好不容易爬上頂樓，才發現還要再爬一小段呈現九十度的樓梯，才能抵達飛碟屋。好在小樓梯算堅固，他小心爬上去，果然看到已經佈置好的一小塊地方。

「月妃？又在玩躲貓貓？這裡這麼寬廣，妳要躲哪啊？」這裡甚至大到他小聲說話，都還會有回音。不過氣氛很好，或許是少了那些爛木頭，這裡空曠又乾淨，讓人對於在這裡打野戰，感到躍躍欲試。

楊信富走近佈置區，有佈置的地方離飛碟屋不遠，月妃的手機就擺在夜燈旁，他四處走走看看，看到這外觀殘破的飛碟屋裡頭似乎在發光。他好奇地走近，愈走愈近、愈走愈近……隱約看到有東西在晃動，造成了光影的搖擺，好似置身在馬戲棚。夜晚籠罩的世界裡，奇幻的色彩像萬花筒般轉動。

等到他走近，瞬間頓住步伐，心跳一度驟停。

此刻在楊信富眼前晃來晃去的，是已經吊到舌頭都掉出來，且表情扭曲眼睛又突出的女人——那個一直等著他來的女人，月妃。

楊信富怔怔地拿起手機，打開不久前月妃傳來的訊息。

「人家還沒說完呢！」

「你不是一直想知道那個女人是怎麼吊死的嗎？」

「那個女人啊……在這裡買了一塊地，說是地也不是地，最後查清楚產權，才知道只是這個ＫＴＶ的三分之一的權利，她既不能跟老闆收租金，也無法把地賣出去，因為另外三分之二是別人的。」

「女人好傷心、好傷心。」

「她已經傾家蕩產，於是她決定，在屬於她的這塊地方死掉，至少也死得其所。」

「——就像，你親眼看到的這樣。」

他看完訊息，手抖到拿不穩手機，掉落在地。

抬起頭那瞬間，原本死得都吐出舌頭的月妃，忽然發出尖銳的笑聲，瞪著大眼，看起來極其恐怖！砰！懸掛著她的繩索霎時斷裂，她整個人就這樣摔到下面不知道第幾層！

楊信富嚇到說不出話，想要快點走，腿卻軟了，但下頭笑聲卻沒有停止，不斷地以回音的方式傳上來！

「啊啊啊啊啊！」

腎上腺素爆發，楊信富拔腿狂奔！

他跑到樓梯口因為少了手機的照明，只能摸著牆小心往下走！走到不知道第幾層，他覺得笑聲愈來愈近、愈來愈近，就像剛剛，他離那個擺動的人影愈來愈近、愈來愈近……

他加快步伐，突然，摸著的牆變得不硬了，摸起來是塊軟軟的肉，像胸部，像那個他已經抓了無數次的胸部。手一麻、腳一軟，他瞬間摔倒，這一摔就像骨牌效應似的，在樓梯台階滾了幾圈，滾到ㄇ字型的中間，如同那天在他後方摔落的人一樣，砰！不偏不倚，他摔落的地點，也和那天的泰國人一樣。

綿延不絕的笑聲，終於停止。

喀、喀、喀。

高跟鞋的聲音，迴盪在空無一人的樓梯間，原本是聲音對稱的喀喀聲，踩到某個台階開始，聲音變了調，兩邊的喀喀聲厚實度變得不一樣，因為其中一腳的鞋跟已被水泥磨損。

鞋跟的主人優雅地走到一樓，並小心跳開那灘不斷向外擴張的血灘。血灘的主人死相猙獰，更令人發噱的是，因為壯陽藥而勃起的陽具，因為主人驟死，還沒慢慢恢復到未充血的模樣，就這樣挺在半空中，如同稍早前那個吊在半空中的女人。

不同的是，女人還活著，並笑看著一切。

林佳琪滿不在乎地當著屍體的面拿起補妝用的小鏡子，擦掉了臉上的特殊化妝，也小心地撕掉了那長長的舌頭，以免她直接走出去街上會嚇到人。把臉恢復正常後，她這才踏著輕快地步伐離開。

一上車，她立刻打電話，接通的人是潔玲。

「妳手上的那支電話，在我等等掛掉之後就銷毀吧，記得我教妳的，要連 SIM 卡都拿出來燒壞才行，知道吧？」

「等等、妳……妳成功了？」

「嗯。」

「這樣就可以了嗎？」

「妳想說什麼？」

「我不用給妳錢還是……」潔玲不敢相信，當初那個說要幫她脫離惡老闆的奇怪女人，竟然真的說到做到了！

「對，這樣就可以了。妳什麼都不知道，妳不過只是提供我一點點的協助，妳不需要有罪惡感，從此把這件事忘了，拿著他手上的客戶名單，過好妳的人生。」

林家琪察覺到對方接著要說出「謝謝」，她便在那之前把電話掛掉，並且拿出 SIM 卡直接折半丟出窗外，開到途中，也順便把手機也丟了。

她回到楊信富家，首先就是把那些「有問題」的食材通通回收。她下藥了，從最開始楊信富中午在汽車旅館喝的酒、後來喝的那碗粥，再到買到他家煮給他吃的食材，通通都加了**咖啡或咖啡粉**。

現在的毒品做得日新月異，咖啡這樣代稱的毒品不一定每一款吃了都會嗨，有的濃度濃一點，吃下去之後，周遭一點點聲響還是燈光影響，就會讓人產生幻覺，很受吸毒者喜愛。

她本身就在酒店上班，要拿到這些東西，或者和掌握這些東西的人往來，簡直易如反掌。當然她也不是貿然就隨便拿給楊信富吃，在那之前她看過好幾個人吃過，紀錄了他們會有的反應，或者對什麼樣的東西會有什麼感受等等，她可是測試了兩個月，才敢讓這個毒品成為她計畫的一部分。至於為什麼她明明一起吃了同樣的食材卻沒事，這當然是因為她事先服用過解毒劑了。

說起她的計畫，已經籌備了很多、很多年了。

她打開冰箱，把所有食材丟進垃圾袋，獨獨那塊臘肉，她將其用報紙簡單包裹起來放進包包，臘肉突兀地放在精品包內，就像她，本來是塊樸素的肉，卻被逼到得把自己放進紙醉金迷的世界。

食材全都處理完，她又拿出另一支手機匯款給某個帳號，那是她請來幫忙置換監視器畫面的駭客帳號，運用現在的深偽技術，輕鬆搞定監視器的事。當然這也要歸功於潔玲老早就在屋內安裝監聽器，才會知道楊信富買了這種東西。

林佳琪開車離開，回到窄小的套房。套房內除了她身上這一身不合時宜的舞孃打扮和精品包，屋內沒有任何一件衣物與**那個**世界有關，全都是些平凡女孩會穿的，桌上還擺著她正在研讀的參考書，那些都是為了高普考而準備，但現在應該是不可能去考了。

她往床上一躺，全身感到虛脫無力，彷彿她用盡全力拚到現在的人生，因為已經達成了目標，而沒有動力再爬起來。

「媽，七年了，再怎麼氣我把自己的人生亂搞，也該來夢裡誇誇我了吧。要比亂搞，我還輸妳嗎？妳可是直接丟下了女兒，自己了結自己耶！我們頂多扯平？就今晚，今晚來我夢裡，好不好？」她說著，眼眶有點紅，卻不願意讓眼淚掉下來，即便都已經復仇成功了，她還是不願意軟弱。畢竟這個世界上，並沒有一個人會心疼她，所以哭，就顯得多餘了。

十年前，林佳琪的母親薛慧君聽信了楊信富的說詞，鬼迷心竅地去了借了高利貸，只為了搶先機買下看似撿到便宜的房產。薛慧君當時想得單純，剛離婚帶著一個女兒，女兒接下來過個幾年就要上國中了，她得替女兒謀個好未來。加上楊信富說保證三個月內一定讓這個房產以三倍脫手，這樣好的事，薛慧君就算是去借錢也要把握。

怎知三個月過去了，楊信富愈來愈難找到人，就算找到人，也都不斷地推託說找不到買家，或是買家突然變掛等等，對於薛慧君逐漸崩毀的人生，一概不理。

他們是正當簽約交易，薛慧君根本拿他沒辦法，再加上高利貸天天催債，在沒辦法的情況下，只好帶著女兒跑路。這一跑，就跑了三年。這三年間，一開始還能悄悄讓女兒去上個學，後來為了躲避討債，甚至連國中都無法入學。

她實在不忍心看著女兒總是捧著別人不要的舊書，可憐兮兮地躲在雅房讀書，覺得都是自己的愚蠢，才害了女兒。

她決定去死的那天，用著身上僅剩的錢，帶著女兒去吃了麥當勞，點了最豪華的麥克雞塊套餐，還把剩下的兩百多塊也留給她，自己步行兩、三天的路，走回台中，走回那個把她逼到求助無門、賣也賣不出去的KTV。

她拿出破爛的房契，拚死拚活盧到店員願意免費給她一間包廂，她就在包廂內的廁所，用撕爛的衣物，把自己活活吊死在門把上。

她成功死掉了，那些債務也跟著她一起消失，但她千算萬算，沒算過她那叛逆的十二歲女兒，在好不容易被社福機構帶去孤兒院沒幾年，十五歲國中一畢業，就從孤兒院逃走。

林佳琪一逃，就是逃到台中，她靠著記憶循線找到那個一直追著她們母女的高利貸，直接跟對方談判，她說可以背下媽媽所有的債務，但條件是他們要想辦法讓她馬上賺快錢。

「我有些同學有乾爹，我不搞那個，你們想辦法讓我去酒店，我一定可以成為紅牌。」

當時在旁默不做聲的當鋪老闆熊哥，看上了她這小小年紀的有勇有謀，不只知道要事先談妥償還金額，還要求雙方畫押，誰都不准賴帳。

「我憑什麼聽妳的畫押？大不了我不幫妳，直接讓妳從今天開始接客接到死，也沒人知道妳的死活啊？妳有沒有搞清楚自己的狀況？」

「可以啊，你當然有權力和能力這麼做，那就得盯我盯緊了，二十四小時牢牢盯緊了，我媽可以直接用喇叭鎖上吊，我是她女兒，你以為我做不到嗎？」

真的有勇有謀。

她的氣魄和勇氣讓這幾個混了多年的人服了，這道上本來就是不怕死的人最大。

從那天起，林佳琪冒用別人的身分證進了酒店，她僅僅只花了半年，就學好所有一個酒店名花該要有的禮儀、氣質、打扮和談吐，再搭配她大膽狂放的性愛功夫，十六歲時就已經是一般人無法輕易見到的紅牌。而她也只用一年半就還清所有債務。

清償那天，熊哥以為他倆的緣分也算盡了，沒想到她又多出了五十萬，要和他談個交易。

「熊哥，在這道上我認識的只有你，你能幫我找個人嗎？只是找人，不會要你幫我別的。」

「找個人就給我五十？妳是覺得自己太會賺還是怎樣？而且妳只認識我也太謙虛了吧？這一年多妳接觸的客人，個個都是……」

「我只信任你們。」林佳琪眼神堅定，打從一開始這個人願意遵守和她的約定，並打算放她走，她就信任他們了。

熊哥連續抽了兩根菸，這段期間誰都沒說話，直到第二根菸捻熄，他才悠悠說道：「我知道妳要幹嘛，但我只幫找人，其他什麼都不幫，那不是我能去碰的水。」

「這樣就夠了。」

「這樣不夠，至少再給我五十。」

「下個月給你。」

「嘖嘖，好可怕。」

「什麼？」

「一個有目標的酒店小姐，是最可怕的，還好我不是妳的客人。」

熊哥是個明眼人，話都說到點上，也都明白在點上。他不過問林佳琪到底要幹嘛，無知的人最幸福，話沒說開誰都能裝傻。他只幫她找了一個人，就和她斷絕往來。他知道，未來這個女孩無論會花多久時間、用盡多少方法，她一定能達成她要的目的。

林佳琪如大夢初醒，睡了十幾個小時，時間都已經是下午了。

七年。

這七年要用如夢一場來形容實在困難，用惡夢還差不多。

她徹底丟棄了自我，變成一心只想復仇的機器。

但事實上，她似乎還是保留了一些自我意志，多做了那麼一點本來與她無關的事。她點了根薄荷涼菸，沁涼的氣息從鼻腔穿過，一路涼到肺裡，頗有醒腦的作用。

她到底為什麼要那麼做？

她本可以全身而退。

但或許，潛意識裡她本就不想讓自己全身而退，她無法想像接下來還有數十年的生命，她能夠若無其事地當一個平凡人，考取一個公職。雖然曾經有個人誇她，只用四個月的時間，她就能考取高中學力鑑定，一定能夠改變自己的未來。

「但我不想改變，墮落才適合我，也適合你。」

她走出小套房前，仍不禁再回望一眼，那乾淨沒有生灰的書桌，上面仍擺著筆記寫得密密麻麻的參考書，陽光從窗外直射書桌一隅，如同她這十九年的人生，哪怕曾有過光芒試圖照耀她，但她的三分之二，仍屬於黑暗。

她重新穿上那雙，因為鞋跟磨損而聲音變得不協調的鞋，喀喀喀，她步步走向就在斜對面的警局。

並且對著警局服務台露出，她這四年來最擅長的笑容，妖豔嫵媚又充滿神祕感，她說道：「您好，我要自首。」

第二章、拼

「你說要一遍一遍地抄寫，還要抄四遍以上?!」

顏振宇會犧牲午睡的時間，趁著午休的一個半小時，一週安排兩到三個網友來吃飯，順便諮商他們目前高普考遇到的困境。

他當年是重考五年，才被錄取的。第五年考試前，他有去找神明拜拜，許願如果這次他中了，未來一定會想盡辦法地把自己的方法傳授給別人。他試過在網路上寫一篇攻略，最近又在這個高普考互助群組中，選擇一些是真的有毅力要考的人出來聊天。

「是的，解題書一定要一遍一遍地抄，直到你記下每一個字為止，相信我，你做了多少的努力，題目都會回報你。」

「怎麼聽起來很像傳直銷啊。」暱稱小米的男生低下頭，這是他重考第三年，他覺得自己已經二十五歲了，再慢一點考進去，一定會很慘。

「我看你分享說，你才剛考進來不到兩年，而且已經超過三十歲了？」

「是啊。」

「那、那你最近在工作上有沒有受到什麼刁難還是……」

顏振宇失笑出聲，「你在想什麼啊？不會有那種事！而且我還有個同事知道我在分享方法，她也提供了一個方法喔！」

「真的嗎？是什麼呢？」

「她說念到真的壓力很大、心情很沮喪的時候，不要有愧疚感，就好好跟朋友出去玩一天，玩兩天也可以，重要的是，玩的時候不要想考試和念書的事，她說這樣事半功倍！」

「騙人，把每一天排滿都念不完了！誰還有空出去玩啊。」

「我很認同她說的，畢竟啊……她可是準備兩年，一次考上喔！對了，她現在36歲，才剛來不久，能力很優秀。」

小米聽到一次考上，他的眼睛都在閃閃發光，這樣的分享就顯得特別有價值，「都年紀這麼大了還能一次考上！真的假的……」

有了這些經驗談，接下來小米更認真做筆記，一個半小時的午休時間一下子就過了。

顏振宇大方地接受對方的感謝，面對別人這樣感謝他，他顯得特別開心，也有一種沾沾自喜的榮譽感。

當然這一切的喜悅都止步於他回到那沉悶的辦公室為止，午休時間結束，許多人都還一臉睡眼惺忪，無法立刻開機工作，他相當鄙視這樣的行為，覺得他們根本就是米蟲。

顏振宇來到單位到職快兩年，發現那些做了很多年的老鳥們，早上一上班就是去泡咖啡、吃早餐，接著可能會開一個意義不明的會議，這場會議絕對不會有任何結論。然後回到座位整理資料，沒多久就午休了。午休結束後，花半個小時醒腦，再丟訂單給下午茶負責人，接著整理一些永遠整理不完的資料，等下午茶時間到來。下午茶花費約半小時，此時剩下兩個多小時就要下班，他們才終於有幹勁工作。辦公室通常都是午茶後的工作效率最好。

這還沒完。

浪費了一整天什麼事情都沒完成的人，會申請加班，每天至少加班一至兩個小時，把原本該在工作時間內做完的事完成。

這些，就是這個辦公室的日常。

當然他從來不屑同流合污。除了他以外，還有那個剛來不久的女同事也是。她完全不怕被人討厭，很積極地處理陳年舊帳的案子。一開始他沒打算幫她，後來看到她才一個月就解決了一件，受到主管大力賞識，考績分數肯定會加，基於考績的誘惑力，他決定向她示好，希望可以多多合作。

不過目前她還沒搭理過他，什麼都自己來像個獨行俠。雖然他對她有點不滿，但只能忍耐。對了，他跟那個女同事完全不熟，但剛剛還是用她的名義跟網友分享，雖然說謊了，但方法是真的。

人嘛，總愛聽一些成功者說出來的話。像他這種重考多次成功的人，雖然說的話也吸引人，但誰能抵擋那種天才說出來的方法呢？

「人類真是一種可悲的動物。」顏振宇細語低喃，覺得自己拚了命考上的工作，一點都不理想，在這裡的人都像廢物一樣，搞得自己待久了也要廢了。

他打開電腦內的共用區，偷看其他組的人目前都在處理什麼案子，無非就是一堆鋪路需求的申請，因為現在剩不到一年就要選舉了。這些人，每次都是選舉要到了才開始鋪路！有夠廢！

「廢物真多。」

砰。

突然，溫知菱捧了一大疊資料放到顏振宇桌上。

她的眼神有點鄙視，也不知是不是聽到了那句「廢物真多」。

「幹嘛？」

「幫忙一下。」

「為什麼？」

「你不是想要跟我一起合作專案嗎？這次市長想要蓋國民住宅的案子，主管剛剛派發給我了，我一個人肯定搞不起來，你不想要？」

「想、想！」

「那就先幫忙看適合可以規劃成住宅的物件，從一到五顆星列舉分類，並且要整理出每一個物件的優缺點。」明明剛到職不久，但溫知菱說話的語氣一點都不謙遜，儼然像個小主管，不過礙於她面無表情，也沒有氣焰高漲的模樣，只能評價她是個不苟言笑、社交障礙的人。

「沒問題。」顏振宇雖然對溫知菱的態度不滿，但只要有機會可以加薪加考績，他都能忍。不過他倒是很好奇，溫知菱原本是做什麼的，她能力如果那麼好，怎麼會都到這個年紀才來考高普考。

他判斷可以先和溫知菱合作一陣子看看，等之後有別的機會再陷害她就行了。像這樣能力突出的人，肯定升很快，但這個單位就這幾個職缺，若真被她升上去，他這輩子也就無望了。

僧多粥少，必要時該除的還是得除。

顏振宇打定好主意，便快速翻閱物件整理資料，他對於這些很在行，哪怕她給了厚厚一大疊，他也順利在六點完成寄給她，準時下班。

他下班前，整個辦公室還有一半的人沒下班，那其中，他確定除了溫知菱是唯一在認真工作以外，其他人在他眼裡都是個廢物。

「終於不用看到這些廢物。」這是對顏振宇來說準時下班最大的欣慰，即便下班後的他，根本沒有什麼去處，只能像個中年大叔晃到居酒屋吃飯。

在台中要找間居酒屋很容易，去勤美附近一帶，看要吃排隊名店、網紅店、老店什麼的，要啥有啥。

一開始顏振宇會故意去一些排隊名店，想看看會不會吃個飯有豔遇，久了發現要讓女人自動來貼他根本是不可能，他就沒那種長相。最後也只能摸摸鼻子的灰，去一些小店報到。

這間名為「器」的居酒屋，他已經連續來了一段時間，店開在居酒屋熱區，因為店小又裝潢簡單，所以就算是晚餐時間也沒什麼客人。

他坐下點了杯酒，接著就打開高普考互助群組，從成員的頭像裡，滑看看有沒有長得正的新成員，打算找個漂亮的成員說說話。

「歡迎光臨！」老師傅喊道，「店內位子不多，請自行選坐。」

新來的客人，沒有猶豫太久就在顏振宇旁邊坐下，板前的位子還很多空位，偏偏卻選在有人的旁邊坐，這讓顏振宇有了點好奇心，結果一轉頭，卻看到那張熟悉的臉。

「溫知菱！」

「有必要那麼驚訝嗎？」

「不……這很難不驚訝吧？」

「老闆，一杯生啤酒、一份炒烏龍謝謝。」溫知菱不打算搭理他，等啤酒上桌，她卻突兀地舉杯等待。

「幹嘛？」

「乾杯啊。」溫知菱說得太過理所當然，實在讓他無所適從，他乖乖地舉杯，見她一口氣就喝掉了半杯，然後又再舉杯一次，一杯就這樣喝完了。

「老闆，續杯。」

他雖然早就覺得這個同事很怪，但沒想到會這麼怪，他不自在地移了點位子，迅速吃著自己的食物。

「資料整理得很棒。」

「喔、謝謝。」

「你還有什麼專長嗎？」

「啊？」

「要知道你有什麼專長，我才能知道你對我有多少用處。」

「我說啊，我好歹也是妳的前輩，妳說話讓人很不舒服。」

「抱歉，我這人講求效率，你不喜歡可以不跟我合作。」

顏振宇沉住氣，思考了一會兒，「我酒量不錯，社交能力也一定比妳好，除此之外我還很會找資料，我很會深入一些社團打聽資訊，這些能力夠了吧？」

溫知菱點點頭，「非常足夠，看來我們能好好合作。」

溫知菱又續點第三杯啤酒，將杯子高舉在半空說道：「但我不覺得你酒量很好，因為你連一杯都還喝不完。」

顏振宇這下子是徹底被刺激到了，他早就忍她很久，一氣之下也猛喝起來，他打算讓她喝倒自己一個人睡在這！

沒想到，喝倒的人不是溫知菱，竟然是顏振宇。

顏振宇甚至連自己是怎麼回家的印象都沒有，他直到早上被鬧鐘叫醒才驚覺自己斷片了。即使已經睡了一晚，他依然一身酒氣，整張臉水腫得恐怖，像隻燈籠魚。

害得他到職這麼久第一次臨時請了半天的特休假，直到午休過後才去上班。重要的是，和他一起喝的溫知菱一點事也沒有，早上正常出勤，下午再度用鄙視的眼神嘲笑他。

他忍。

在國土署的工作說輕鬆有時也不輕鬆，因為有許多薪水小偷的關係，所以需要往外跑的工作，往往就會分給一些資歷比較淺的，比如工程驗收的部分，PM就會叫菜鳥去跑。

顏振宇下午一進署裡，就看見溫知菱拿著包包要外出，趕忙追問她要去哪，一聽到驗收，他立馬說也要跟。

電梯裡，溫知菱滿臉不屑，「你是為了醒酒才跟著我的吧？」

「當然不是，以後既然要好好合作了，我也得幫妳一點。妳以為驗收這件事好搞嗎？妳一個女生去肯定搞不定。」

「這不好說，我還不至於需要一個喝醉失態的人來幫我。」

「我昨天……做了什麼嗎？」

溫知菱回以不明所以的淺笑，沒有回答。這行為無疑讓斷片的人更是慌張，卻一點辦法都沒有。

兩人開了半個多小時的車，才來到新建案的圖書館前，這間圖書館從四年前開工，中間一度因材料和設計問題停擺半年，如今竣工在即，但還是得需要全面性驗收，並確認所有相關檢驗資料，才能放行。

這種驗收工作聽起來輕鬆，好像只是拿著資料在核對，但事實上會被處處刁難，尤其是看到那種遊走在灰色地帶的檢驗資料，要不要放行是一個很大的考驗，因為一旦驗收簽名下去，到時出了問題，就是確認的人負責。所以這明明應該是PM自己的工作，卻常常藉故丟給別人的原因。也算是國土署裡的潛規則了。

抵達現場後，顏振宇故意走得很慢，想讓溫知菱自己知難而退，他再幫忙，誰讓她剛剛說得那麼自得意滿，他倒要看看她怎麼應付。

建案的工地主任劉主任親自出來對應，光看那一人走在前頭，後面還跟了兩、三個人高馬大的跟班，就知道對方想用氣勢壓人。

「國土的怎麼派妳過來？妳懂這些工程嗎？妳是新來的還是別區調來的？」劉主任劈頭就丟了一堆問題過來。

「劉主任對嗎？我看你這份檢驗文件有點問題，這個檢驗的費用和其他圖書館的檢驗費用差距過大，我知道每個個案不同，但比較了這兩個個案後，發現差距的問題在於，你似乎少申請了好幾項必要的檢驗？這樣有合法規嗎？」

「妳就知道兩個個案不同了，少申請的就是不需要啊。」

「不對吧？我看少申請的是頂樓的消防檢驗，以及外圍的安全測試，這些叫做不需要嗎？」

「跟妳沒辦法對話，妳就是個外行的，說一堆外行話！」

顏振宇故意沒跟上來，是先繞去外頭的小蜜蜂買點茶水。他這時提著一大袋茶水進來，開頭就裝熟地說：「哎唷！劉主任！好久不見啊！上次那個戶政事務所的維修也是你，一定是你太有能力了，才每次都被你們公司標到案吧？」

「你是……？」

「我是小顏啊！你不記得了？哎呀這事我跟你說，我們最近來個新官，你也知道新官難搞要要點威風嘛！所以才故意派了個菜鳥來跟你踩硬一點，這也都是為了走個形式、走個流程，這次你多幫幫忙，下次換我多幫幫你，如何？」

「幫什麼幫？工班那邊已經要我撥款了，你們這邊一直卡著不能竣工的話，是想逼死我啊？」

「是，您說得都對，但我們這邊也有難處嘛，這樣，我這邊有份文件，上面請您替工班做個擔保，擔保驗收事後如果有問題，全由您來負責如何？不然要是真出問題，我們的薪水也就那樣，賠不起啊。」

「你賠不起，我就賠得起？」

顏振宇依舊堆著笑，堅定立場，這下子逼得劉主任也只能退讓。

「算了、算了！跟你們這些死腦筋的無法溝通，看驗什麼、補什麼一次弄清楚。」

這行雲流水的操作，確實讓溫知菱看得佩服。在這一番周旋下，驗收進行得很順利，該退件的退件，該過的給過，對方一點臉色都沒再垮下來過。

驗收完畢離開後，已經是晚上七點多了，這一折騰也好幾個小時，就算溫知菱能力再強，也露出了一點疲憊之色。

就在他們回程都開了三分之二了，溫知菱卻突然「啊」了一聲。

「怎麼了？」

「顏振宇，你……你前面下橋後放我下車吧。」

「怎麼了？」

「我檢收的資料少一份，可能是放在女廁了，我上廁所的時候放了一疊在沖水馬桶上，應該是那時掉了一份，我沒有發現。」

「那就一起回去拿就好了。」顏振宇說是這麼說，但表情還是有點不耐煩。溫知菱沒有半推半就，默默接受這個提案。

又開了快半小時抵達圖書館前，已經將近八點，工班早就下班。少了那些工業用的電源，他們一時也找不到總電源在哪，只能依靠各自的手機開手電筒進去。

他們小心踩過那些施工用的鋪墊，以及還要閃過那些只是隨便收在一邊的工具和雜物。下午巡視時，圖書館有自然光灑進來，氛圍很好，但一到了晚上，因為附近偏僻的關係，氛氛整個都不同了。

「女廁在二樓，不如你在這等我吧。」

「好啊。」顏振宇這次也和她一樣，沒有拒絕。

他從一進來就覺得有點不舒服，雖然他是個不信邪的人，但就是有一種不適的感覺，尤其當溫知菱的步伐愈走愈遠後，悚然感更甚。

溫知菱的步伐在安靜又空曠的館內顯得特別明顯，她規律地踏在水泥石階上的腳步聲，像是計算過似的，每一步都在剛好的秒數上，就是因為太規律、太剛好了，反而有一種非人的恐怖感。

喀、喀。

溫知菱的皮鞋聲連續敲地兩聲，象徵著已經爬到了二樓，接著他就聽不見她繼續前進的聲音了，周遭瞬間安靜，只有外頭的樹，因為風吹而產生摩擦聲，以及室內的一些枯葉，在地上跟著風略微移動的聲音。

咕嚕。

顏振宇忍不住吞了口水。

咕嚕咕嚕。

此時此刻的場景，和他過去某一段回憶太過相似，他不自覺地緊張。

他是個不信邪的人，就算過去曾經發生了那種事，他也不信邪，因為這世上根本沒有鬼，如果有鬼的話，那為什麼從來沒找過他？因為那都是人想像出來的，做賊心虛的人才會怕。他不怕，他就算是個賊，也從不心虛。

砰——！

猶如那一天、那一個晚上。

突然傳來的巨響，乍聽之下，就像有誰摔倒了！

「喂！妳沒事吧？喂！」

顏振宇喊了半天都沒人回他，他的腳忍不住煩躁地抖起來，猶豫著到底要不要走過去看一看。

他走到樓梯下，往伸手不見五指的二樓看，一點聲音都沒有，感覺就像是有個人摔倒後昏迷似的。

「幹！我也太衰了吧！溫知菱！妳沒怎樣吧？」喊歸喊，他還是一步都不打算往上看看。

突然，一個聲音從他背後悠悠地傳來：「你在找我？」

「嚇！」顏振宇嚇一跳地轉身，只見溫知菱手拿著資料，歪著頭地看他，好像很不解他在這裡鬼吼鬼叫什麼似的。

「妳、妳從哪裡下來的？」

「外面的樓梯啊。我摸黑上去找了半天找不到資料，後來想到我當時上完廁所後，是從連接外頭的樓梯走下來的。那個時候我看到那邊本來應該要放一個消防設備卻少了，為了拍照就把資料放在地上，我是在那裡找到資料的。」

「那妳剛剛有摔倒嗎？」顏振宇拿著手電筒往溫知菱身上照來照去，惹得她面露不悅。

「並沒有，你剛剛這個行為讓人不舒服。」

「抱歉，先走吧。」他壓抑住那股恐懼，只想快點先離開這裡。

重新回到車裡，顏振宇反射地吐出大大一口氣，在黑暗的車子中，溫知菱的眼睛像動物般反射出綠光，她眨著大眼，眨都不眨一下地看著他。

「幹嘛那樣看我？」

「因為我在想，你為什麼會問我有沒有摔倒？」

「這有什麼好奇怪的，那裡那麼黑，關心妳。」

「你聽到什麼了吧？」

「那妳也聽到什麼了？」

「當然沒有，那裡很安靜，開車吧。」她收回目光，也收回那若有似無的笑，搞得顏振宇心裡的慌張和煩躁感更無所適從。

「等等要一起吃飯嗎？」

「沒胃口，都幾點了。」

「我可以請你。」聽到請客，顏振宇很猶豫，但今天他的時間都被這女人浪費，覺得應該要削她一頓才行。

「吃啊！免費的當然要吃。」

「那就吃你喜歡的店吧。」

「妳別給我報公帳啊，用自己的錢請。」

「放心，這頓飯請你吃很值得。」

「什麼意思？」

「因為我覺得你今天確實幫了我大忙。」

顏振宇皺了皺眉，他還以為這個古怪又自大的新同事，不會讀空氣，沒想到也懂一些人情世故，難道是今天有樣學樣？管他的。

「知道我有合作價值就好。」此時，他老早把那怪聲的事拋到九霄雲外，包括那不小心想起來的過去，也很快就忘得一乾二淨。

為了可以規劃成國宅的案子，顏振宇和溫知菱兩人東奔西走了整整一個禮拜，就為了實地勘查那些符合都更的建案，結果卻一無所獲。主要是因為都更這件事不只政府的建案會需要買地，很多建商也會，又加上那些建商出手經常眼明手快，能夠搶到一些熱門地的案子，導致就算找到還沒完全被買完的地，還是有三分之二都在建商那，這時又容易牽扯更複雜的黑暗面。

比如建商會談條件，探聽如果和政府合作，有沒有機會內定標下案子等，這部分的拿捏要是沒處理好，不只公務員的飯碗岌岌可危，還有可能觸法。

兩人的奔波邁入第二個星期，剛和一個建商談完，累得在公園坐下小歇。

「這也太麻煩了！妳確定主管丟這個案子給妳，不是在找妳麻煩嗎？」

「就因為這種企劃很麻煩，所以這幾年搞定過的三隻手指頭都數得出來，成功的那幾個人，最後都調單位高升了。」

「真的假的！我來這麼久，怎麼都不知道有這種好事？」

「因為我們中區目前沒人成功弄好一個都更建案的國宅，只有三年前在招標時，讓建商們自願交出自己的建案。」溫知菱露出一絲高深莫測，明明才來沒多久，卻好似在來之前就已經對中區國土署調查得瞭若指掌。

「妳沒騙我吧？我花費這麼多力氣，要是被妳騙了會很慘！」

「騙你幹嘛？我有什麼好處？我不也花時間在這件事上。」

顏振宇點點頭，正因為溫知菱個性古怪又充滿誠懇，他對她的信任，其實一直在增加。

「妳為什麼突然想考公務員？我看妳能力很好，在別行應該也做得很厲害吧。」

「那你又為什麼要考？」

「我、我當然是混口飯吃，這個穩定啊。」

「那我就跟你一樣。」

顏振宇並不相信，但那是她的隱私，他也不在意。
「去前面的三商巧福吃午餐吧。」
「行啊。」
去了三商巧福，溫知菱沒有點牛肉而是點排骨麵，這又引起顏振宇的好奇。
「這裡的牛肉麵才是招牌耶。」
「我有許願，所以不能吃牛。」
「許什麼願？許到戒牛肉！」
「你的問題可真多。」溫知菱露出禮貌的微笑，示意他可以閉嘴不用再閒聊。
他們各自拿出手機看影片，顏振宇大多看一些不用思考的舒壓影片，直到他瞄到溫知菱的手機畫面黑黑的，才發現她好像在看鬼屋探險類的頻道。
「喂……妳都看這種的？」
溫知菱面露不耐，「是。」
「靈異的？」
「我真的覺得你很聒噪。」
顏振宇忍住怒氣，雖然她工作能力強，但不好相處也是一大缺點。他本來想聳肩不理會，可他隨即發現當她看到裡面的人嚇得哇哇叫時，居然會笑，而且是那種很詭異的笑。

——原來這種影片是拍給這種人看的啊。

他以前，從沒想過到底會有誰，喜歡看這種毛骨悚然、鏡頭又晃得亂七八糟的影片。原來就是溫知菱這樣的人。

溫知菱的靈異特輯被一通來電打斷，她接起來後僅僅是單方面地應答，掛掉後，她露出了比較和藹的表情。

「顏振宇，我們有希望了。」

「什麼希望？」

「有一塊離車站很近的地，如果搞定了，我們有望搶在建商之前，和資管的人合作，把那塊地都更。」

「真的？哪裡的？」他不顧一口麵還沒吞下，趕忙拿出筆電。

「——馬場大樓。」

「妳說什麼？」

「我說那塊地，就是馬場大樓那塊。」

他抬眼看她，她的表情依舊和藹，就好像某件困擾已久的事，終於有了解決的眉目。

「不對啊，那塊地的產權很複雜，我們怎麼搞？」

「我們先去跟這個資管的莊經理瞭解看看，不就知道怎麼搞了。」

顏振宇不安地點點頭，深深覺得這不是個辦法，因為只要是台中人都知道，那塊地很複雜，不只產權複雜，它的歷史也是。大型的火災就發生過三次，後來還發生過陸陸續續的幾次小火警，雖然都沒傳聞有死過人，但燒成那樣，卻還一直無法被判定為危樓，固然有其中的隱情在。

他們抵達資產管理公司，莊經理早就在會議室裡等待二人。

「哎呀！歡迎、歡迎！」

「莊經理您好，我是溫知菱，這位是顏振宇，初次見面。」

「二位好，陳科長說跟溫小姐聯絡準沒錯，看來溫小姐肯定能力過人吧？」

「沒有的事，陳科長是信任我們兩個，才把這麼重要的國宅案交給我們。」

「那我也能信任你們囉。」莊經理堆起笑容，年近五十的臉因為硬擠出來的笑容，使得皺摺變得更加明顯。三人都在笑，但三人的眼睛，完全沒有半點笑意。

簡單寒暄過後，立刻切入正題。

莊經理率先說明馬場大樓目前產權分配的狀況，「目前這塊地的產權有個建商正在獨斷收購，他目前的收購佔比為52％，我們資管這邊只佔20％，剩下的就是不願意賣的以及其他現居住戶。」

「那裡還有現居住戶?!」顏振宇相當吃驚，那棟樓殘破不堪，像個鬼屋似的，都可以拍鬼實境了！

「當然有啊，五樓以下都還有不少住戶。」

溫知菱一直沉默不語，顏振宇只好繼續提問，「那我們國土署這邊能做什麼？」

這種無知的問題一提出來，馬上就被莊經理看低了，那鄙視的目光太過明顯，顏振宇察覺後，正想辦法要用油條的口條挽救。

此時溫知菱開口說道：「您這通電話聯絡我們的用意，無非是想讓我們國土署也介入這場爭鬥，讓建商不安吧？如果建商更大動作的收購，將引起國稅局或其他政府單位的注意，那名建商自身的問題，也可能會曝光，進而導致他必須脫手，從這場爭奪中退出，是這樣嗎？」

「哎唷，明眼人就不說亮話了，有些事懂就好。」

「莊經理，這件事情我們要不要介入，需要審慎評估，無法現在給您答覆。」

溫知菱示意走人，兩人直到出了電梯，才針對剛剛這場會議進行復盤。

「這水也太深了，居然想利用公家機關，我們還是找別的吧。」顏振宇立刻打退堂鼓。

「對啊，水真的很深，但資管肯定也是有建商確切的把柄，才敢這麼做。」

「那怎麼辦？」

「不怎麼辦，我們先繼續找別的，雖然最近找的也都和馬場差不多。」

顏振宇低頭思考，她說的是事實，他們最近找的其實都有同樣的問題，國土署最終還是得和一方妥協或達成共識，這實在讓人很不甘心。

「不過……說起馬場大樓，我倒是想起一件無關緊要的事。」

「都無關緊要了，還重要嗎？」

溫知菱笑了，那笑容和她看靈異實境時差不多，「那個馬場大樓啊，這兩年弄了很多裝置藝術，參觀還要收費呢！」

「那種破大樓去參觀還要收費？坑人吧！都是危樓等級了，樓梯很危險耶。」

「你這種不懂藝術的人就別批評了。」她轉頭指向馬場大樓的方向，「就是那，看得到那個飛碟屋吧？那就是馬場大樓。聽說在那裡面的裝置藝術，到了晚上會動。」

「哈！怎麼動？像以前那個什麼《博物館驚魂夜》那樣？」

「可能比那個還要恐怖喔！聽說啊……」她的語氣愈來愈故弄玄虛，聲音也愈來愈低，「聽說裡面的骨頭到了晚上會喀喀作響，在牆上拼貼成一個全新的人，一**個新的你**。」

顏振宇完全無感地看著她，稍早前他還對她在莊經理面前扳回一城感到佩服，現在這個靈異癡的反差樣，只讓他覺得鄙視，「講完了廢話，我們要繼續講公事了嗎？」

溫知菱被潑了一桶冷水，表情瞬間恢復，「你不怕？」

「妳都有辦法看那種影片配飯了，難道認為別人反而會怕？」

「我只是想緩解氣氛。」

「？」他有時真的無法理解這個同事，哪怕他的手心現在出了一點汗，而那原因則是因為，那該死的過去又被提醒了。

——幹！是要被提醒多少遍！

結束一天工作的顏振宇，因為這陣子的各種插曲，被搞得有點心神不寧，為了怕自己又在外面喝到斷片，他這次選擇買支威士忌回家舒壓。

他打開筆電想看點影片，突然把滑鼠移到「你的影片」專區，跳到了創作者的管理頁面。裡頭有十幾支影片，每一支影片的點閱率都破五十萬。曾經，他差一點就要成為知名YTR，那時他的訂閱數在短短兩個月內，就飆升了十幾萬，YT經紀公司有好幾家都和他聯絡，他那時還在猶豫要選擇哪家，遲遲不肯簽約。他現在回想起來，哪怕那時有一點點轉機也好，他現在哪用做這種死薪水的工作，他早就像一堆YTR一樣，整天吃香喝辣飛出國了。

「幹，都怪那個死人。」

午休時間，搭擋的兩人按照慣例一起吃午餐。署裡開始有人謠傳，他們兩人有曖昧，畢竟男未婚、女未嫁，每天同進同出難免惹人閒話，偏偏只有當事人最清楚，他們兩人之間是不可能有那種事發生，相看兩厭還差不多。

顏振宇已經愈來愈習慣溫知菱那奇怪的癖好，而她也愈來愈習慣他的聒噪，回答問題的意願變多了。

「妳今年幾歲了啊？」

「36。」

「比我大四歲，真老。」

「妳結婚了？」

「你對我有意思？」

「怎麼可能……等等，妳在看什麼？」

「跟平常一樣。」

顏振宇一開始以為自己眼花，定睛又多看了幾十秒，他更加確定了——那個影片她不可能看得到才對，他明明就鎖起來了！

「那是什麼頻道的？」即便顏振宇內心如此慌張，為了怕被察覺端倪，仍努力鎮定。

「你有興趣自己去搜尋頻道。」溫知菱將全螢幕轉回半螢幕，好讓他看清楚頻道名稱。

「喔、好啊！滿有趣的。」頻道確定不是他的。他看著影片中的人戴著一張赤鬼面具，正小心翼翼地往發生塵爆案才剛過五年的八仙樂園。赤鬼面具人一直故弄玄虛，地上莫名還出現一些冥紙，看起來甚是詭異。

「你幹嘛盯著我的手機看？」溫知菱皺眉。

「喔、就覺得滿有趣的樣子，怎麼會有人想去那裡拍？」

「誰知道，而且影片開頭還有介紹是塵爆五年後，很奇怪，明明已經過了八年了。」

「是啊，真奇怪。時間差不多了，我們今天下午要去哪裡看？」

「下午要跟陳科長開會，你忘了？」

「喔、對……」顏振宇顯得心神不寧，跟在溫知菱後頭，他的表情有點疑神疑鬼。他甚至恍神到整個下午開會和主管說了什麼、聽了什麼都沒記住。

直到下班前，溫知菱問他陳科長要他準備的資料進度如何了，他才回神。

「什麼資料？」

「科長不是要你去查那個建商的資料嗎？你今天都沒查？」

「對不起……」

溫知菱有點不耐煩，「你如果沒能力參與這個企劃，退出算了，我再找別人。」

「溫知菱，我很抱歉，是我工作不專心，明天中午前會給科長。」他氣憤地交代，非常不爽明明都一樣階級，甚至他還是前輩，她卻老是用這種主管的語氣說話，連要他做事情的態度也是。

她愈是想把他踢走，他愈是要撐著！

他決定留下來加班趕工，趕到晚上八點多，進度差不多有一半了，才下班，這時辦公室也只剩他一個人了。

咚咚咚。

LINE的訊息接連跳出群組標記他的通知。

他點開來一看，竟然又是過去的那些影片！不只是今天中午他看到的那一支，還有別支別人也都上傳了！

『老師，這個聲音跟你好像耶。』

『對啊！我看了好幾支了，真的跟你的聲音好像。』

『沒問題嗎？公務員不是不能兼差？』

『都那麼忙了還有時間拍片，厲害唷！』

他看著群組如蓋大樓般迅速的訊息，立刻把手機嚇得丟在桌上，等緩過幾口氣才又點開來看，確認那每一支影片的出處，果然都是同一個帳號發出來的，但他根本不知道那個帳號是誰！而且帳號還只上傳他的影片。

他很想留言問對方到底是誰，但留言的話就會曝光，且他更不能跳出來承認是他拍的，這樣他可能真的會丟飯碗。

他沉住氣，決定在點閱率最高的八仙樂園那一支下面帶風向，寫道：「影片裡的年份是說五年前，只有我記得這個事件已經過了八年了嗎？」

由於是瞬間衝高點閱的一支影片，他的這個留言不到五分鐘就有人回應：「我記得幾年前，好像有看過這些影片……」

他心中大喜，立刻回應：「對啊！我好像也有點印象……」

「所以是抄襲嗎？那原出處呢？」

「喂樓上的是不是嫉妒故意帶風向？誰家的水軍啊？」

「靠！帶風向喔！」

他咒罵一聲，更氣了。原本他想要帶風向的，卻被二樓的回覆給弄到風全歪了，歪到他不希望的方向去。

砰——！

一聲巨響傳來！

他抖了一下。

他覺得這感覺太熟悉，簡直跟前陣子在圖書館那次一樣，那聲巨響，根本一模一樣。

他放下手機，辦公室的光源只剩下一盞還亮著，他看向傳來聲響的方向，是辦公室直走通往會議室的那條路。這個時間根本不可能有人在會議室，而會議室平時沒人的時候，桌上不可能會放一些容易掉落的物品。

他深吸口氣，決定去看看。畢竟他從來不相信有鬼，不然幾年前他也不可能大膽到，敢一個人去那一堆鬧鬼的廢墟拍攝影片。

他穿越筆直的走道，走到會議室前，一拉開門，裡頭什麼也沒有，倒是窗戶竟然是開的。他們部門位在七樓，就算窗戶被打開了也不會有什麼影響，他走到窗前打算把窗戶關起來，但關到一半卻卡住了，一塊白色硬硬的東西卡在窗縫，他費力拔了半天才拔出來，一時半會兒也看不出那是個什麼東西。

突然一道強光從門口照進來，顏振宇刺眼地背著光喊道：「誰啊！」

「抱歉，居然真的還有人在，你是這裡的職員嗎？」對方立刻把手電筒的燈轉到別的方向。

顏振宇一轉頭，看到竟然是保全，嚇得不自覺倒退兩步，這才回答：「不然呢？這裡可是國土署，我們的保全系統沒差到有辦法讓外人進來吧？」

「請讓我確認看看您的員工證好嗎？」保全為了以防萬一，戒備地問道。

顏振宇收起剛剛被嚇到的異樣，走過去遞給他看，保全這下才放心。

「已經很晚了，請您不要在此逗留，最晚的加班時間九點就會強制熄燈。」

「知道了，我要走了。」顏振宇拿著辦公事包離開，直到回到家，他才開了檯燈研究那個卡住窗戶的白色物品。

那一小塊東西大概是兩、三公分左右，敲在桌面上可以感覺到是實心，表面有些地方粗糙，有些地方光滑，是塊相當奇特的石頭。

「這是什麼石頭啊。」他仔細觀察造型，看起來很像跳棋，只是比跳棋再小一點。

他嘆口氣，把石頭放在書桌上，打開那個仍然不斷在標記他的群組，那裡面的人已經吵翻了，甚至還有人說要檢舉他。

「哈！一群考不上的在眼紅了。」人類就是這麼醜陋，自己得不到，別人也別想擁有，哪怕這個人不久前才幫助過自己，只要一有機會，就可以立刻拉別人下台、看別人落魄。沒有人願意錯過這樣的時刻，也沒有人懂得要感恩。

這就是人類。

所以他從來不覺得至今的所作所為有什麼不對，不過都是適者生存罷了，如今角色立場對換，他也馬上成為食人魚啃食的對象，和當初的他沒有不同。

他打開訊息欄，在那吵成一團亂的地方上敲下文字：「在此向各位聲明，影片裡的人不是我，聲音這種東西像的人本來就很多，你們有誰做過聲紋比對嗎？沒有對吧？沒有確認過的事情，你們就在這吵吵鬧鬧，還說要來檢舉我。我ＯＫ，你們盡量來檢舉，我不但不會有事，有事的絕對是你們。你們聚在這裡就是為了國考，如果一生都考不到就算了，之後考上的人，你們就保佑不要遇見我，我一定加倍奉還。我當初是好心在這裡幫你們，居然還如此不知感恩，活該一直考不上，再見。」他傳完這些就立刻退群，並把原本有加入好友的人全數封鎖。

接著他又去假頻道上檢查每支影片的留言，果然已經增加不少，有傳聞拍攝者是公務員的消息。

他手指敲打著桌面，側頭思考，「奇怪，都吵成這樣了，溫知菱都沒發現？不可能，她在打什麼鬼主意？」

他的腦海又閃過了剛剛保全的樣子。

顏振宇那瞬間真的被嚇到了，因為乍看真的很像那個人——**那個已經死透的保全**。

「他叫什麼名字來著？」他居然連名字都想不起來，可見那個人有多不重要。

「反正又不是被我殺死的，他變成鬼又能如何？」他就是太累了才會被嚇到。

他繼續把玩著白石頭，把思緒拉回到溫知菱身上，在這種職場如戰場的世界，他可不能讓過去的幾支影片，毀了他考了好幾年才考到的心血。

誰都不能。

本來顏振宇在隔天上班時，心裡還有一點忐忑，不知道那些他以為已經捲起來的風暴，是否已經傳到了同事耳裡。他一踏進辦公室，感覺氛圍相當正常，吃早餐的吃早餐，根本沒人把他當回事。

他瞥了眼坐在斜對面的溫知菱，看起來更是普通，她很快察覺到他的視線，看了他一眼，問道：「資料呢？」

「剩一點點，十點前可以好。」

「那我預約會議室，預約十點，沒問題吧？」

「當然。」

顏振宇滿心疑惑地坐下，並將白色石頭放在鍵盤前當裝飾，也不知道為什麼，他就是覺得石頭特別吸引他，或許是奇特的手感和材質，更貼切一點來說，這種東西不太可能平白無故出現在七樓窗台，一定是辦公室裡的誰放的，他如果把這東西大辣辣地擺在這，一定會有人來問他。

準時十點，溫知菱老早就在第一會議室等他，這間會議室也是昨天有怪聲的那間。

「等一下科長，他還在跟特助說話。」

「喔。」

溫知菱低頭滑著手機，看起來和平常沒有不同。

「你昨天加到很晚嗎？」

「為什麼這麼問？」

「早上搭電梯時，看到我們這層被警告了，聽說有人昨天快九點還在署內逗留。」

「抱歉，確實是我。」

叩叩。

陳科長先敲敲門，才進會議室，他掃了兩人一眼，笑道：「剛剛特助在問，這個專案是不是應該要派一個SO進來，你們覺得呢？」

溫知菱立刻舉手回答：「科長，我覺得沒有必要，這並不是一個很難的案子，我們兩個專員就能完成。」

「呵呵，有野心很好，但我這人不喜歡口說無憑的人，我喜歡看實績。」

「科長，我也覺得沒有必要，原因的話，還請你先聽聽看我查到的資料和簡報。」

「好啊，開始吧。」陳科長推推眼鏡，面對這兩名新秀的表現，很是期待。

顏振宇總算展現一回做了快兩年的專業度，他清查了建商的財產清單，以及近期所有被呈報過的違規事項，光是在勞工局近一年就被檢舉開罰三次，也被FTC警告過一次，這還都是檯面上的紀錄，也不知道私下解決的又有多少件。

顏振宇的簡報裡也擬定了對應方案，不需要馬上就去對馬場大樓採取行動，而是先對其他的危樓建築先下手，等判定了約一、兩間建築後，再以危樓數量過多，需徹底清查為由，查到馬場去，名目是清查確認，而不是確定判定，這文字上的差異，造成的結果也就差很多。簡而言之，他們中區國土署，只是去視察，並沒有採取任何實質行動。

溫知菱立刻心領神會地補充：「這樣就算對方有什麼抗議行動，我們這邊也說得過去。」

陳科長聽完沉默了許久，看似在思考，又看似故意拉長沉默時間，造成等待的人緊張，直到他喝了一口茶，才說：「很好啊，那你們就去試試，如果有需要ＳＯ支援，再跟我報告。」

「謝謝科長！」兩人頓時像得到了定心丸，感到衝勁十足。

一場會議開完，顏振宇整理好會議資料也差不多要午休了，他習慣性地搜尋溫知菱的蹤影，發現她早就不在位子上。

他只好將桌子整理一番，準備自己外出吃飯。

「顏振宇，要跟我一起去吃韓式嗎？」

「我？」他疑惑地看著那個從來沒和自己說過話的同事，心裡想著，那個人叫什麼名字來著？

「走啊！」兩名男同事不等他答應，就摟著他一起走了，他們來到辦公大樓隔壁的韓式料理，各自點完後，便開啟閒聊時間。

「哇靠顏振宇，你很行欸，現在攀上那個超級新人，你是不是快要升了啊？」陳前鋒問道。

「我？怎麼可能，我們只是一起在做一個專案而已。」

「透露一下做什麼案子嘛，大家都很好奇欸。」王家福也問。

「你們該不會就是想探我口風，才找我來吃飯的吧？手法也太粗糙了。」

「哈哈哈！也是啦，我們就是有問有機會啊。」

「就是，你不說又沒差。」

等飯上桌，幾乎都是較熟的兩人在閒聊，因為探不到八卦，顏振宇的存在也就沒什麼意義了。

突然，王家福的話鋒一轉，「欸，你聽說了嗎？我們署裡有人在兼差！」

「你是說那個YTR？確定是我們區的嗎？」

「已經有網友說肉搜到啦，說是中區的準沒錯。」

顏振宇聽到關鍵話題，雖然看起來像不在意地吃飯，但其實早就聚精會神地在聽。

「那會是誰啊？我們署裡也就這些人啊，該不會是阿峰你吧？你那麼愛講話，很適合欸。」

「白癡喔！不要亂說啦，怎麼可能會是我。你也知道我老婆管多嚴，她還整天看我定位，你看，她現在又傳，我怎麼這個禮拜吃這麼多次韓式，是不是這裡的女服務生很正。」

「靠！你過得也太慘了，這種日子你過得下去喔。」

「要不是婚房她家買的，你以為喔。」

話題很快就從可疑的兼職人，聊到家庭生活日常。顏振宇搖搖頭，果然這種事情要懷疑到他這種積極工作的人頭上是不太可能，有眼睛的人都知道，他和溫知菱忙專案忙得不可開交，哪可能拍片呢。

「不過，誰知道呢，如果那些影片是以前拍的就另當別論了。」王家福走出店前，扔下了這麼一句，實在讓顏振宇感到心虛，他沒有跟上他們，而是選擇去超商買了杯咖啡。

顏振宇才發現溫知菱居然獨自在超商吃飯，且依舊在看她的靈異實境。

「妳怎麼在這吃飯？」

「很重要嗎？」溫知菱掃了一眼玻璃窗外，像在看什麼人。

「等人？」

「不重要，你吃完飯了嗎？」

「吃完了。」

「下午我們就去看看吧。」

「這麼快？我還沒找好要先去判定哪裡的危樓。」

「我已經找好了，啊……但在那之前，今天還得去圖書館再驗收一次。」

「這樣太趕，不如趕五點再到圖書館那。」

「可以。」

兩人討論完行程就出發，他沒敢再多言，剛剛他好像看到溫知菱又在看他以前拍的影片。

溫知菱選定的危樓是在北屯新村附近，這附近的眷村都重新進行過規劃，也有定期在修整，不會有危樓疑慮，倒是鄰近的舊公寓，看起來確實年久失修，有點危險。

尤其是他們抵達後的那間公寓，看起來至少有五十年以上的歷史了，一樓的鐵門甚至連關都關不上，沿途爬樓梯上去，每層樓幾乎都是空屋，門都大大地敞開著，裡頭看起來有許多垃圾，儼然已經成為遊民暫時遮風避雨的住所。

「這裡的屋主真大方啊，每間門都開著讓人亂住，也不怕出事啊。」

「不是屋主大方，而是屋主已死又沒有親友繼承，這棟樓的權利歸屬是台中市政府。這樣流到政府的房產其實不少，又沒人仔細管理，當然就被遊民入侵了。」溫知菱從公事包中拿出一份資料分給顏振宇。

「妳有聯絡結構建築師了嗎？」

「你在說什麼，去那窗外看看。」

顏振宇走到騎樓間的窗戶探頭一看，外頭早就有好幾名建築師全副武裝地在作業中。

「不對啊，我們早上才開會決定，妳什麼時候跟他們預約作業的？」

「昨天。」

「昨天！昨天也不可能啊，這種作業至少要提前一個禮拜預約。」

「你好吵。」溫知菱又不耐煩了。

顏振宇原本早上累積的成就感一瞬間就被擊潰，這個溫知菱早就領先他好幾步，他不過是替她補上過程而已，真是令人不甘心。

「那公文呢？到時候等檢測報告完成，寄發給市政府的公文，妳該不會……」

「顏振宇，那不是你應該要做的嗎？」

「……」

「還是，你比較擅長別的？比如說找地點之類？」明明是很普通的一句話，但顏振宇怎麼聽都覺得，溫知菱別有暗示。

「我寫、我做，可以了吧。」

檢測作業沒那麼快，再加上顏振宇需要負責寫檢測報告，所以他更是卯足了勁四處拍照，以及時刻和結構建築師溝通討論。

一個下午的時間一晃就過，等他們開車前往圖書館時，都快要日落了。

顏振宇深深感覺今天唯一有在工作的人只有自己，因為溫知菱整個下午都坐在外頭的樹蔭下滑手機，然後在車上睡著的人也是她。

無可奈何的情況下，顏振宇抵達圖書館後，只能自己去找工地主任確認上次退件的部分。當然他沒少給對方賠不是，畢竟他們來的時間，已經佔用到下班時間了。

「好了、好了，都看過就可以了吧？我們要熄燈了，你趕快走。」

「喔、好……」他本來想要去上廁所，但只能先回到車上，這才發現溫知菱又不見了。

「靠……跟她工作真的很累！」他打了手機，沒有人接。其實他可以直接開車走人，但專案都已經在進行了，付出這麼多，他可不能把收穫拱手讓人。

有了上回的教訓，顏振宇這次直接從外圍的樓梯上去，想看看溫知菱是不是在廁所，由於天還沒全黑，雖然工人都下班了，但視線至少比上次清楚，才能讓他迅速四處搜索，但找半天就是找不到人。

他已經疲憊不堪，走出圖書館很是無奈，再次撥打了電話，手機鈴聲竟然是從上方傳來。

顏振宇抬起頭，看到溫知菱竟然腰間繫著升降鎖，懸在大樓的一半地方！

「妳在幹嘛啊?!」

溫知菱沒有回他，感覺她的升降鎖似乎是卡住了，她正一直拉扯著繩索，試圖繼續下降。突然喀的一聲！上方支撐重量的固定鎖好像有鬆脫跡象，她又更加快速地拉著繩索，總算動了。然而才順利下降沒幾公尺，固定鎖又發出聲響，眼看她就要面臨不是摔死就是被鬆脫的固定鎖砸死的情況。

顏振宇很慌張，乾脆就逃跑回車上。

如果他不在現場就沒事，沒有他的事。

她根本沒說一聲就自己跑去試升降鎖，而且驗收資料他都已經簽收了，這是她個人的行為，最重要的是，他有打給她兩通未接來電，如果出了什麼事，他都有不在場證明。

「沒錯，就跟那個時候一樣。」與他無關。

砰砰。

外頭傳來重物掉落的聲音，他發動引擎，準備走人。

沒想到車頭才剛轉向，就有個人擋在車前，那人快步走到副駕開門上車。

「你這是要丟下我？」

「我只是想去買點東西吃。」

「在看見我掛在半空中之後？」溫知菱仍氣喘吁吁，手臂有被尖銳物滑到，顯露出淡淡的血痕。她肯定是一掉下來就立刻飛奔過來。

「我沒看到妳在幹嘛啊，我找不到妳，打了兩通妳都沒接。」他打算無賴到底、裝傻到底。

溫知菱打開手機確認，發出笑聲，「是啊，你確實有打給我。」

「咳，所以妳剛剛說什麼半空中？」他若無其事地繼續開車，往回署裡的方向。

溫知菱似乎不在意他的裝傻，更像是配合演出裝沒事，她開口解釋：「我看過歷史資料，我們之前在維修美術館的時候有發生維安事件，驗收時漏了確認逃生升降器的問題，導致疑似失火時，有人使用不成還卡在半空中下不來，所以才想測試看看，沒想到就出事了，升降器壞了，退件叫他們來修。」

「我已經驗收簽名了。」

「一樣。」

「隨意使用的人是妳。」

「簽名的人是你，東西壞了丟在那，要負責的也是你。」

「我對妳這話不滿意，如果妳剛剛發生什麼意外，難道也是我負責？明明是妳擅自行動。」

「有道理呢，真是抱歉，是我疏忽了。」溫知菱一反常態，竟然一臉嚴肅地道歉，她那喜怒不形於色的表情，讓人無法猜出到底在想什麼。

「知道就好。反正，也只能等明天我再去聯絡工地主任了。」

「為了賠罪，我請你吃飯。」

「好啊。」免費的當然好。

幾杯黃湯下肚，顏振宇老早忘了稍早前差點鬧出同事受傷的事，而那個差點受傷的人還請他吃飯喝酒，他這下心理平衡多了，整個下午他都覺得溫知菱是個薪水小偷，現在他把她的薪水偷過來了。真爽。

「你確定要喝這麼快？」

「怎麼？」

「因為你上次喝醉，說了一些很有趣的事。」溫知菱故弄玄虛地說。

「我才喝兩杯妳就這樣講，是怕我喝吧？」

「隨你。」

「不然我說了什麼事？」

「卡卡利茲之類。」

顏振宇一愣，以為自己聽錯了。

「妳說什麼？」

「我說卡卡利茲。」

「妳從哪裡聽來這四個字的？」

「你自己說的呀。」這是第一次，溫知菱露出了真誠的笑容，她托著下巴望著他，像是在放電，但她說出來的話，卻只讓他毛骨悚然。

顏振宇之所以在影片流出去了還能那麼鎮定是有原因的。因為當初他也不確定到底要不要當個ＹＴＲ，害怕以後做別的工作被認出來，所以才戴了面具，在影片裡也從來不會說什麼頻道廣告語，也就是他從來沒有自我介紹過。唯獨頻道的名稱，他取的名字就叫做卡卡利茲。

「我還說了什麼嗎？」

「喔、你說你以前有拍過一些影片之類。」

「什麼影片？」

「這你就沒有說了。」

他不再多喝一口酒，也並沒有因為溫知菱的話而放心，他只想快點回家把頻道整個刪除。

「下星期見吧。」溫知菱買單離開，即使他對她起了各種疑心，偏偏利益又讓他無法遠離。

令人憂鬱的星期一已經夠鬱悶，顏振宇要趕一堆報告和公文更是煩悶，就算度過了平靜的六、日，也無法消除他的種種不安。

他這兩天除了刪除頻道以外，還潛入別的高普考群組，想看看裡面有沒有人在討論他的事，去了兩個群組查探後，果然有人討論過，但很快就不了了之。

只要他繼續安靜度日，這種事情很快就會被人遺忘，只是他暫時沒有那種可以幫助人的娛樂了，那種在重考生面前展現優越感的趣事，他只能先暫停。

「顏振宇，你那個東西哪來的？」

林特助路過顏振宇的辦公桌，忍不住詢問。

「這個？有天加班，我在第一會議室的窗溝間撿到的，是特助的東西嗎？」

「不是……可以借我看看嗎？」林特助拿在手上反覆看過，皺了皺眉。

「有什麼問題嗎？」

「沒事，可能是我想多了，但這種來路不明的石頭不要放在身邊比較好吧。」

「謝謝特助提點。」

顏振宇言不由衷地說完，更加確定這顆石頭肯定很特別，不然為什麼特助那麼高位的人，會特地來提醒他區區一個小專員？他更加寶貝地收好，並打算把它做成項鍊。

「什麼啊？那到底是什麼東西？」陳前鋒馬上湊過來，失望地發現那就只是個普通的石頭。

另一名ＳＯ看到了，直接冷哼：「那看起來跟我阿嬤的骨頭很像，你沒撿骨過嗎？小心點喔。」

「謝謝大家關心，反正就是個石頭，沒必要一直討論吧。」他心想，真是一群見不得人好的人，不過就是被特助搭話而已。

接下來的兩天時間，顏振宇都在忙判定危樓的事，由於所有權是市政府，所以還必須往返市政府辦理很多手續，再加上要收拾溫知菱擅用消防器材的爛攤子，他更是自掏腰包花錢請工地主任吃飯，才讓這件事過去。

那名搞事的人，竟然連續請了三天特休假，不見人影，手機不接、訊息不回，像消失了一樣。

顏振宇無奈之下只好自己執行第二間的危樓判定，沒想到他一聯絡結構組，才知道溫知菱早就預訂好這星期四要去作業，完全和他的工作時程配合得剛剛好。她簡直比ＰＭ還了得，直接預判了他的所有行動。

「這女的，不對勁啊。」到底誰會這樣預判同事的工作進度，然後自己消失的？

顏振宇明明感覺到一堆不對勁，卻怎樣都無法放棄這個專案，因為收尾近在即，只差一點點了。

直到星期四，溫知菱上班了，但打了卡人就消失了，他覺得那就是故意在整他。

午休時間，他跟著陳前鋒和王家福再次去韓式吃飯，這禮拜他幾乎都會和他們一起，即便他常常是不說話的那一個。

「靠！肉搜到了！」王家福一滑開手機就興奮地說。

「搜到什麼？」陳前鋒不以為意。

「那個啊！兼差者！你們都忘了喔？我看看是誰呢？是……是……嗯？」

顏振宇吞了一大口口水，心跳的速度都快跳出喉嚨了！

「上面說是你欸，阿峰，你看這是你的照片吧？雖然被打碼了，但那件衣服我假日去你家的時候看過啊，是你沒錯。」

陳前鋒看著爆料新聞不可置信；顏振宇也是一臉不可置信。

「還說你以前頻道的名字就叫卡卡利茲耶，你女兒的小名不就叫卡卡嗎？」

「拜託！那是因為我老婆喜歡女神卡卡，所以才這樣取的，這也太牽強了吧？誰啊亂爆料，我要告他毀謗。」隨即，陳前鋒接到了電話，說副署長和特助都要找他開緊急會議。

「搞什麼啊！」陳前鋒用力甩上椅子，引起側目。王家福和顏振宇都沒再吭聲，各自買單快速離開。

最納悶的人就是顏振宇了，他總感覺這個爆料和溫知菱有關，可是這樣看起來，她更像是在幫他。為什麼要幫他？他可是差點對她見死不救喔。

「顏振宇，不用回署裡吧？要直接去做判定了。」溫知菱出現在大樓門口，直接搭肩上來。

「妳……」

「這禮拜把這個第二件搞定，禮拜一我們就能去馬場了，我這兩天特休有去打聽過，那個建商果然注意到了。」

顏振宇忍不住插話，「妳真的什麼都不知道嗎？不知道署裡現在發生什麼？」

她收起工作模式的表情，立刻冷臉，「顏振宇，我不管這個世界要發生什麼鬼事情，都跟我的計畫無關，就算有人在我面前車禍了我也不會理，你不也是這樣的人嗎？」

「嗯……」

「那就工作吧，讓計畫成功才是重點。」

——什麼計畫啊，是專案、是企劃。講得他們好像要做什麼為非作歹的事一樣。

中區國土署內，星期五一早就發布了新的人事命令，陳前鋒專員因為疑似有私下兼職的疑慮，在調查清楚之前，以留職停薪的方式暫停公務，這個宣告立刻引起譁然。

當然身為知道真相的顏振宇，更是感到焦躁不安。

如果這些事情只是傳言就算了，如今無辜的人遭到懷疑，為了洗清自己的嫌疑，對方肯定也會積極著手調查，這樣不用多久一定會查到他自己頭上。

——好在他已經把頻道整個刪除。

顏振宇想到已經刪除了頻道，稍微安心下來。如果原頻道都被刪掉了，那麼要找出影片中的拍攝者是誰，就更難了吧。

原本的焦躁，在察覺到自己安然無事的機率很大之後，放鬆不少。

「在看什麼？」溫知菱早就打完卡，拿著公事包要外出了。

「沒什麼。」

「沒什麼就快跟上，今天事情很多！」

也不知道是不是他的錯覺，他總覺得特休三天回來的溫知菱，好像少了點原本的冷靜，情緒很容易就上來，看起來焦躁不安的人不止他一個。

「妳心情不好？」電梯裡只有他們兩個，他不假思索地問。

「沒有。」

「不然妳感覺起來好像沒有平常冷靜。」

「你聽過因期待而感到興奮這種事嗎？就像小學生期待著即將去遠足，晚上會睡不著覺一樣，我從昨晚開始，就睡不好。」

「這個專案的成功有這麼令人期待嗎？」

「有啊，當然。」電梯門打開，溫知菱回眸一笑的瞬間，竟然讓他隱隱發寒。他從沒想過有哪個笑得燦爛的女人，不但不會讓人心動，反而還覺得很恐怖。

是什麼原因呢？

大概就是溫知菱的眼神裡，透著蛇一般緊盯著獵物而竊喜的感覺。

「你今天大概又要趕判定報告，趕到晚上吧？」

「對啊，幹嘛妳要留下來陪我？」

「我晚上還有很多準備要做，沒空。」

「什麼準備啊？判定報告都我一個人在寫，星期一去馬場也只是做做樣子，妳到底有什麼好裝忙的。」

「很忙，真的很忙。不過啊……要小心喔！」

「小心什麼？」

「那個被停職的陳前鋒，他如果不甘願，有沒有可能晚上跑來署裡做什麼呢？你不知道嗎？人比鬼還可怕呢。」這次溫知菱說的話，讓他也認同。的確人比較可怕，人可以攻擊、可以殺人、可以見死不救……

但那又如何？

誰擋他的路，他會比對方還可怕。

判定作業總算在下午三點前結束，顏振宇匆匆趕回署裡，便一頭栽進趕報告的地獄，溫知菱並沒有跟著他一起回來，她說想跟結構組聊聊，想知道他們其他的作業流程。

他雖然覺得那個溫知菱就是沒事找事做，但也無可奈何，誰叫他就是蹭人家的案子，即使不甘心被一個新人踩，也只能再忍耐一下。

趕報告的人通常不太會感覺到時間的流逝，不斷地比對資料，計算資料的數據等等，太陽早就日落西沉，坐在辦公室裡的人若沒有拉開窗簾看，是不會發現的。

顏振宇啪嗒啪嗒的敲鍵盤聲，不知不覺竟然到了會有一點點回音的程度。

他抬起頭，覺得頭昏腦脹，手上的速度也減緩下來，現在時間是晚上八點多，要在九點前趕完有點緊湊，但不是不可能。

他繼續埋頭專心拚報告，期間他隱約覺得入口處一直傳來奇怪的聲音，但他沒有時間去管那些怪聲，只能加快速度。

直到晚上八點五十五分，他及時趕完，存檔寄出後，這才鬆口氣。他感到口乾舌燥，連續幾個小時，他根本連口水都沒喝，只因為上廁所很浪費時間。他喝了幾口水，餓過頭的胃對於水分的吸收有點急促，他感到有點胃痛。

「這種操法跟當初拚考有得比。」他喃喃自語，收拾好東西準時離開，這次警衛倒是沒上來趕人。

他等待電梯時，不自覺左右看了看，幾十分鐘前，這個地方一直有一些奇怪的聲音，可是現在看起來卻很正常。

電梯抵達，在他按下一樓後、門關上前，他似乎看到了一個影子，從電梯前走過。一定是累壞了，是錯覺。他這麼告訴自己。

直到隔天星期六一早，他被署長緊急叫去署裡加班，他這才知道昨晚那些怪聲怪影的源頭是什麼。

——**陳前鋒自殺了。**

陳前鋒竟然跑到國土署的廁所自殺了！

顏振宇作為最後一個離開署裡的員工，也是最接近陳前鋒死亡的員工，在被傳喚到警局之前，必須先跟署長報告說明情況，以防他說了不該說的，讓國土署受到不必要的傷害。

顏振宇緊張到坐立難安，心裡直罵自己衰，加班加到那麼晚又不是他願意，好不容易可以好好補眠的週六，還要為了一個自殺者，坐在幾個大人物前被審問。

「我從三點多回到署裡開始趕判定報告，幾乎連水都沒喝、廁所更是沒上過，一直都坐在位子上趕報告，可以看監視器也知道我說的話不假。」

「確實是這樣，但如果警察問你有沒有聽到、看到什麼奇怪的事情呢？」林特助問。

「我都工作到昏頭轉向了，怎麼可能還會注意到那些？我連其他人下班了都沒注意到。」

「很好，請你等等也這樣陳述，其他任何誘導性的問題，請你先深思熟慮過後再回答，不知道、不確定的事情，請一律都說不知道。」

「明白。」

「這個新聞會被壓下來，所以請你不要在網路社群上，發表任何一個和這個事件有關的發言，甚至是在別處留言。」林特助接著警告。

「顏振宇，我看你資歷不錯，也有毅力，這次專案完成，可以申請考核，我很看好你。」署長和藹地笑道。

一場恩威並施的會議結束，顏振宇立刻前往警局配合調查。

等到顏振宇終於回到溫暖的窩，都已經是傍晚，假日的一天就這麼過了。

「太衰了。」那個人死就死還連累他，死了真是活該。

他通常不太有同理心，同理心這種東西賺不了錢、也無法出人頭地，不懂「體會他人」要幹嘛，不然為什麼不見有人來體恤他呢？所以這不過就是個自私的枷鎖，是人類為了得到好處才發明的字眼。

他沖了澡，坐在客廳喝著啤酒，手上百般無聊地繼續把玩那顆石頭，轉著新聞台，還真的沒有看到任何關於國土署內有人自殺的新聞。

「要不是沒拍到照片，不然可以賣多少啊？」一爆出去，中區署長可能就要負責下台，下面的人再遞補上去，照這樣推論，他有望升遷的機會又增加了。

電話忽然響了，他一看是溫知菱，連接都不想接。

沒想到溫知菱很執著，竟然一打再打，直到第三通他才接起。

「不是要請我吃飯，就不要在假日打給我。」

「國土署發生這種大事，虧你還有心情在那裡想著免費的飯局？」

「什麼大事？」他故意裝傻。

「你不是比我清楚嗎？你都去過警局，也被署長下過封口令了。」

「我聽不懂妳在說什麼。」

「聽不懂沒關係，我先跟你說，這種新聞壓不了多久的，打鐵要趁熱，那個建商已經知道我們的動靜在緊張了，我今天掌握到，他又收購了幾戶，看起來是坐不住，如果這時傳出國土署的負面新聞，那個建商的動作肯定會慢下來。」

「所以呢？妳又想用專案會不成功來威脅我？」

「我說過，我是那種只管自己的事的人，別人怎樣不關我的事，哪怕今天有人在我面前死了我都不在意。所以顏振宇，明天晚上跟我去參加馬場大樓舉辦的夜間派對。」

「牛頭不對馬嘴，參加那個幹嘛？」

「參加是為了掩人耳目，主要目的當然是事先對要判定的建築動手腳，我們這邊得行動快一點，在那件事的新聞報出來之前，專案還是有機會完成。」

顏振宇手指敲著沙發，正在衡量溫知菱說的話，判斷事前做這些事的投資報酬率。

「想好了沒?你要知道我一個人去搞也可以，但到時事成了，我肯定會咬你一口，說你沒幫忙。」

「不用這樣吧，我打報告打那麼久，把我當廉價勞工？」

「那就好好決定。」

「我去，可以了吧。」

「所以你這是在間接承認了我剛剛說的事實了吧？」溫知菱話鋒一轉，在電話裡傳出竊笑。

「妳要我？」

「沒有、沒有，我剛剛說的狀況是事實，前面那件事只是猜測，好在我有防範的備案，明天晚上九點，馬場大樓集合。」

顏振宇不明所以地看著手機螢幕，覺得溫知菱這個女人真的又怪又恐怖，他發誓，這次專案結束，一定要離她遠一點。

晚上八點半，顏振宇早早就抵達馬場大樓，並偷偷躲在對面的騎樓處觀察，他想知道來參加這種活動的都是怎樣的人，更想知道溫知菱有沒有在故意整他。小心使得萬年船，這句話自從發生了「那種事」之後，他覺得受用無比。

事前他早爬文過這個只在星期天晚上九點舉辦的活動，活動名稱叫做「千奇古怪之夜」，活像是學生的試膽大會，聽起來中二又幼稚。然而實地舉辦的花絮照片，卻非常吸引人，似真似假的裝置藝術搭配上詭譎的燈光造景，以及大樓內部的斷壁殘垣，都讓這個活動，每次一釋出報名名額，場場秒殺。

許多探訪過的人留言：「這個活動如果少了管理者舞孃姊姊一定不好玩。」、「舞孃姊姊的本尊非常值得一看！」、「真想偷帶手機偷拍一次舞孃姊姊。」、「樓上的你小心，上次有人這麼搞，聽說出事了。」、「出什麼事？」

留言區內幾乎都是在討論管理者，其中有一樓討論偷拍後，就停止蓋樓了。這點讓顏振宇感到疑心，疑心的部分有不能帶手機以及觸犯禁忌偷拍之後的下場。偷拍會怎樣？人都有叛逆之心，原本沒特別說不能做的事可能還不會做，但如果成了規則、規範，就會讓人有想要違反的衝動。尤其是在舞孃本尊如果很正的情況下。

時間經過十分鐘，陸續有人提早抵達，身穿奇裝異服，搞得像萬聖節似的，他們紛紛走進大樓中間的走道。他很清楚，要上去的話，一定要走到大樓中間的樓梯才上得去。

顏振宇曾去過另一邊的樓梯，那個樓梯腐爛不堪，他當時試著爬到二樓就爬不上去了，樓梯腐爛的程度在晚上夜拍時，所營造出來的恐怖氣氛，是任何鬼景點都比不上的，尤其爬到快到二樓時，往上面照，彷彿還能照到什麼動物的眼睛反光，看起來更是瘆人。如果那部影片可以上傳，肯定會成為他所有作品中，點閱率最高的一個，可能還會高到被媒體轉發的程度。當然，只是如果。

接二連三，陸續有人抵達魚貫入內。

顏振宇確認了時間，只剩下五分鐘，他都還沒看到溫知菱，難道她比他更早抵達？果然有鬼。

顏振宇低頭看看自己一身普通的黑T配牛仔褲，和那群興致勃勃來參加的人形成對比，他橫越馬路走過去，後方傳來關車門的聲音，他一回頭，只見一名穿著台灣民初的中式嫁服的女子，頭戴紅巾緩緩下車。先不說那名女子到底是誰，他只想知道載她的計程車司機的心理陰影面積。

女子站穩腳步，雙手將紅巾一掀，紅巾下的面容相當精緻，白皙的皮膚配上鮮豔的紅唇，連眼妝都化成漂亮的鳳眼，過於精緻的模樣反倒顯露出非人的氣息，站在這馬場大樓之前，頗有鬼女降臨之姿。

「你不會不知道陳守娘吧？」

「妳……妳是溫知菱？」

「不然呢？你以為活見鬼了？」溫知菱冷笑，腳上穿的是應景的黑色平底鞋，裙擺的高度看似接近地面，但其實她每一步跨步都不會踩到。

「是滿像鬼的。」他說完馬上糟到白眼。

「你穿成這樣，比鬼還突兀。」

「我才想說妳穿這樣等等要怎麼搞事。」

「那種粗活當然是你做，我出嘴。」

他這才明白了，說到底這個溫知菱就是不想勞動，才會約他。

兩人一邊鬥嘴一邊在一樓臨時服務台辦理報到，並繳交手機保管，工作人員同時貼心地提供他們手電筒。工作人員是一名泰國人，但說的中文一點口音都沒有，他細心地提醒他們在哪一樓的哪一階可能會比較不好走。但顏振宇只覺得他提醒那麼多誰會記得。

樓梯的沿途都黏上了小燈，反而降低了恐怖的氣氛，更像是夜晚的探險。

他們紛紛走到六樓，到了六樓的ㄇ字樓梯會有兩個選擇，一個是走到另一邊的樓梯繼續往上，一個是選擇去六樓的平台。果然牆上也貼著指示，上頭寫著：「繼續往上是地獄，停留在這可參觀太平。」

早他們一步來的人在樓上傳來了尖叫聲，而也有一點聲音從平台那傳出。

「人這麼多，要怎麼動手腳？」

「那個先等等，我想先看到舞孃再說。」溫知菱難得露出興奮的表情，她似乎完全忘了自己是來幹嘛的。

「別看什麼舞孃，得找機會下手。」

溫知菱露出詭異的表情，「我以為你這麼會查資料、做功課，應該很清楚才對，你不知道舞孃的出現是隨機的嗎？如果我們正在動手腳，而她卻出現呢？」

「所以妳是打算遇過她之後再動手？有差嗎？」

「至少可以確保不會有人突然出現。」

顏振宇勉強接受這個詭辯。

他們決定待在平台，假裝在探險，沒想到才走沒兩步，顏振宇就覺得奇怪了，「不對啊，如果參加者每個人都要繳交手機，那些花絮照片是哪來的？」

溫知菱小心地掀起裙擺跨過一堆爛木頭，「你沒看規則嗎？體驗時間結束後，工作人員會幫每個人在想要的地方拍攝三張照片，不然報名費一人一千誰要來啊。」

「一人一千！」

「對，我不會跟你收，放心。」

顏振宇鬆口氣，這種破活動要一人一千，就算會拍照他也不來。

走到六樓平台，過往的回憶霎時在他的腦海想起，兩年半前，他為了拍影片，當然也來過這裡。

那時已經重考多年的他，都快要放棄高普考了，正好ＹＴ業盛行，聽聞光靠ＹＴ流量的收入就很可觀，這讓他思索了好幾種題材，最後他挑了比較少人拍的鬼地探險。

在他之前當然也有不少人拍過，但鏡頭都很晃不說，因為拍攝者都是兩人以上在進行，就少了那麼點驚悚感。於是他決定單槍匹馬，並戴上赤鬼面具拍攝，沿途他並不會一直說話，而是舉著自拍棒，讓觀眾跟著他的視角，一步一步深入那些杳無人煙的廢墟。正因為沒有一直說話，所以周遭拍到的雜音就會特別明顯，他大多不會為那些聲音做出什麼解釋，而是讓觀眾自行代入，事後他才在留言區回覆，說自己當時根本沒發現。

這種讓觀眾參與互動找鬼的模式，很快就使他有了人氣，且竄升得很快，他也有點得意，甚至想說若再考不上，他就果斷放棄，直接走上ＹＴ網紅這條路。

他那時選定馬場大樓前，已經拍了十支影片，可說台灣那些知名的鬧鬼聖地都拍得差不多了，再下去他不是只能往深山找紅衣小女孩，就是得花錢飛國外拍。

但那時和他接洽的經紀公司也說了，如果和他們簽約，他們會出資贊助他出國的交通和住宿費用，非常誘人。

所以他決定等拍完馬場大樓後再努力念書衝刺，等考完有了結果再決定要不要簽約。對他來說，那時簡直就像站在人生岔路口。

此一時彼一時，顏振宇站在恍若昨日的六樓平台，更是不同以往。當初他來這裡拍的時候，這面牆還僅僅只有誇張的塗鴉，左邊則堆了一堆裝置藝術般的鐵罐，但此時這面牆更加駭人，上頭掛了一些假骷髏頭、人體各個部位的人骨等等。

在這樣詭譎的燈光照映下，這裡簡直就像是通往地獄的入口，視覺效果相當震撼。

「這裡真是改變很多。」他不自覺脫口。

「改變很多？你以前來過？」裝扮成陳守娘的溫知菱，不知為何聲音好像變了，變得更尖銳刺耳。

「我是從照片上看的，以前沒來過。」

「是喔。那你還記得嗎？我之前跟你說過這裡裝置藝術的事。」

「妳說像那個什麼《博物館驚魂夜》那樣？晚上會動？真好笑，這些東西都被釘起來了，要怎麼動。」他不屑地用手拍了拍離他最近的大腿骨，不摸還好，一摸他覺得那個觸感非常熟悉，他拿出一直放在口袋中的白色石頭，看起來好像跟上面裝置用的骨頭，有那麼點類似。

「妳來看看，這個東西和那個有沒有像？」

溫知菱沒有走近，直接說道：「當然像了，那是同一種東西啊。」

「同一種？骨頭？白癡喔！這些骨頭都是假的。」

「骨頭是假的話，傳說就不會是真的啦，我那時不是說過了，聽說這裡的骨頭到了晚上會喀喀作響，在牆上會拼貼成一個全新的人，一**個新的你**。」

他一回頭，溫知菱竟然又蓋上了紅巾，儼然像個待嫁新娘。他手上的白色石頭，拿不穩掉落在地。

「裝神弄鬼啊……等等，妳後面那是什麼？」顏振宇指著溫知菱的後方，那是一名站在牆沿邊搖搖欲墜的女人，在月光和旁邊的燈光照耀下，可以看出女人穿著薄紗、畫著豔麗的妝容，且她的身材非常好，巨大的雙峰吸引著目光，目光順著往上，那雙大眼更如鬼魅般帶著奇異光彩，此時風一吹，將她的面紗吹掉，顯露出來的竟是一張裂到耳際的血盆大口！

「幹！那三小！」

溫知菱掀開紅巾，不解地回頭看了看，「怎麼了？」

「幹！妳是瞎了喔！妳沒看到嗎？幹幹幹！她走過來了！」顏振宇倒退兩步，往左一看要走出去的方向正是舞孃走過來的方向，前方又杵著一個搞不清楚狀況的溫知菱。

他決定往右跑引著那個鬼東西先衝到溫知菱那邊後，再跑向出口！

「你幹嘛啊？發神經啊！」溫知菱顯然生氣了。

「幹！妳自己不跑的喔！」舞孃果然先一步抓到了溫知菱，並拿出一把刀直接從她背後一捅，鮮血四濺，血腥味立刻在空氣中飄散，溫知菱那張鬼妝臉，死死地、死死地盯著他看，如同那個夜晚，那個人也是這樣，死死地、死死地盯著他看。

「靠爸啊！這個鬼地方！」顏振宇險些腳軟，眼看舞孃拿著血刀就要衝過來，他連滾帶爬地往前門口衝，但還沒衝到那，他忽然被什麼東西絆倒，瞬間往地面一撲，隨即發出噗滋一聲，他的頭直直地插在地面上一塊直立突起的鋼釘上，鋼釘恰巧從他的左眼穿透腦袋，他掙扎蠕動了一會兒，就不再動彈，鮮血慢慢擴散，然而在這遍地都是詭異造型的平台上，他的血一點都不突兀，反倒成為點綴。

這一切，都如同那個晚上，被顏振宇逼死的那人一樣。當那人在樓梯上摔得連脖子都扭曲變形，歪七扭八地縮在樓梯口一角時，也如此刻般一點都不突兀。

那人原本是馬場大樓的其中一名地主僱傭的保全，因為馬場大樓晚上有越來越多宵小在晚上時，跑來吸毒甚至打野炮，受到不少爭議投訴，地主因為這些聲浪害得手上的房產貶值很不甘心，決定僱傭保全一陣子，看房價會不會回升，好順勢脫手。

偏偏那名保全才上工三天，就遇上了來拍裝神弄鬼影片的顏振宇。顏振宇想利用這種追逐戲碼增加影片的恐怖性，竟然一邊跑一邊驚呼，說有人在追他。

本來保全不想理會，但看到顏振宇正在拍影片，深怕顏振宇拍了什麼東西上傳後，會害自己被冠上怠忽職守的評價，所以保全怎樣都想抓到顏振宇，並要他刪除影片。

在黑夜裡的危樓亂竄有風險，保全沒踩穩從樓梯滾落了幾階，痛得發出哀嚎。保全那時跌落的地方是四樓轉角處，顏振宇若是想離開必定得跨過。保全一時痛得起不了身，躺了十分鐘果然堵到顏振宇，只見顏褫宇手拿自拍棒小心翼翼要跨過去，保全立即伸手要抓住顏振宇的左腳卻撲空，他只好起身要搶自拍棒，卻再次失敗！保全因為扭傷的腳沒有抓地力，搶奪撲空後沒站穩往前摔，這一摔就直往下滾，滾到三樓剛好刺到了尖銳的釘子，釘子直接刺進他的後腦勺，他抽慉了兩下就不再動彈。他扭曲地縮在樓梯角，一雙眼，死死地瞪著那個，從自己身上跨過離開的男人……

舞孃瞥了眼地上動也不動的顏振宇，將可伸縮的道具刀收回小包包，並重新戴上備用的面紗，踩著高跟鞋，踏著穩健的步伐，如同顏振宇當初一般，從他身上跨過，沒有踩到任何一滴血，走出去後轉彎往上走，不一會兒上面的人發出驚呼聲。

「天啊！是舞孃！」

「好美、好辣！」

「呀——臉很恐怖還是好美！」

「今日的體驗時間已到，我來為各位拍照，我們今日的拍照熱區是飛碟屋唷！大家請隨我來。」

頂樓相當熱鬧，一行人拍完了照，在舞孃的帶領下乖乖下樓，沒人想過要再走到六樓平台看一看，一行人被舞孃的背影催眠，彷彿是被吹笛人吸引的孩童，沒人想脫隊，逐一跟著下樓只為有機會能多看幾眼美麗的舞孃。

吵雜的聲音逐漸退去，如同經歷了風浪的大海恢復平靜，一旁躺了許久的溫知菱坐起身，她嫌棄地拿出紙巾，擦掉手臂上沾染到的血。這不是一般的假血，而是顏振宇喝到斷片時，她趁機抽出的血，下車前才從冰袋裡取出來的。

她緩緩走到顏振宇旁邊，看著那根鋼釘的位置，甚是滿意。這可是她按照他的身高比例，演練了無數遍才確定的位置，只能一次成功，失敗了就只能放他走的位置。可見連神都在幫她，連神都覺得這個人，不該繼續活著。

「剩下的我處理就好。」一個聲音從連接樓梯的通道傳來，溫知菱沒有刻意去確認說話的人是誰，她跨過屍體，走出平台，經過黑暗，也經過了那摔死了她的先生的三樓樓梯。也不知道是不是她的錯覺，在經過那裡時，她好像看到了那個大傻，站在那露出了笑容。

「大傻，別笑了，去投胎。」她的語氣溫柔，眼眶有點微痠。

「為大家報導這則插播新聞，台中的馬場大樓今日驚傳殺人事件！由於被害者被發現時，身體四散被釘在牆上，彷彿和馬場大樓內的藝術團隊作品合為一體，直到今天才被人發現，死者已經死亡三天以上，且查明身分是中區國土管理署的職員，詳細情形本台會再為各位進行追蹤報導。」

電腦直播的新聞被林特助按下暫停，和顏振宇有關的科長和溫知菱都在會議室內。

「先給各位一個心理準備，署長可能會不保，中區這邊短短一週連續兩名職員過世，太醒目了。還有妳溫知菱，如果被警察叫去詢問，說話小心點，知道嗎？」

「知道。」

「那個專案也停下吧，不能再繼續了。」科長說道。

「好的。」

「上面決定讓妳暫時休息半個月，給的是特別帶薪假。」

「明白了。」她看了特助和科長一眼，知道這個帶薪假代表什麼意思，意思要她乖乖待在家裡避風頭，避免被記者抓到，畢竟她和顏振宇一起做過專案的事，要是被人爆料，遲早會找上她。

「從地下室離開，知道嗎？」林特助吩咐，她立刻提著公事包走人。

來到地下室，她小心地走上坡道，攔了計程車，車上也在轉播這起駭人的分屍案，她心情好到想哼歌，哼那首她的大傻最喜歡的俗氣老歌。

「我愛你、愛著你，就像愛老鼠愛大米。」溫知菱從十八歲遇見了洪郁樵，就覺得他是個傻瓜。

那時她去逛夜市，看到在賣地瓜球的洪郁樵，竟然聽信幾個學生說沒錢辦畢業活動，就一口氣捐了身上所有的錢，大約五千多塊給他們。他不知道的是，那兩個女學生拿了錢、離開夜市後，就坐上兩個不良少年的車揚長而去。而洪郁樵還自認做了好事，一臉喜孜孜地繼續賣地瓜球。

她第二次去夜市，又看見他因為一個老伯說沒錢吃飯，就免費給了對方一大份地瓜球，老人手上明明就戴金錶，一點都不像沒錢吃飯。

第三次看到他又要捐錢給打著孤兒院旗號的團體，她總算出面制止，她要求對方提供法人團體的全名，以及出示許可證，對方當下就罵了髒話沒入人群。

「他們怎麼跑了啊。」洪郁樵還無法理解狀況。

「你看起來都二十幾歲的人了，怎麼還那麼笨！他們在騙你啦！」

「我知道啊，但一定就是有需要才會騙人嘛。」

「你、你是白癡啊！」

「我不是白癡，我是賣地瓜球的，妳要買嗎？」

「買一包，謝謝。」

「妳真善良呢。」

那是他們初次相遇，後來女孩高中畢了業，為了年老的母親決定直接去工作。她去了保險業，但即使總是很忙，她每個禮拜一定都會去買一次地瓜球，並要洪郁樵乖乖報告，這個禮拜有沒有亂捐款。

直到溫知菱二十歲生日，這個大傻瓜才敢告白，還唱著那首五音不全的〈老鼠愛大米〉，即使難聽，她還是感動得紅了眼。

但就因為這個洪郁樵太傻了，做什麼生意都會被騙，也沒有金錢概念，逼得溫知菱在她業績最好的時候辭職，協助他做想做的事。她陪他賣過冰、賣過傘，也跟著他沿路賣著龍鬚糖，徒步到處旅遊。

直到他三十歲、她二十八歲時，他們才正式結婚。

結婚後的洪郁樵有了責任感，他選擇去當作業員比較穩定，而她回保險業繼續打拚。沒想到才過去五年，洪郁樵因為不景氣被裁員，心情也陷入了憂鬱，覺得自己無法好好照顧老婆，還讓老婆照顧他。

好不容易待業許久的他，找到了保全的工作。他們約好工作滿一個月後要去吃石二鍋慶祝，可惜，才三天他就失業了，從他的生命裡失業。

溫知菱打從一開始就不相信檢警提出的報告，說他是意外摔死，剛好摔在鋼釘上。他好端端的為什麼會在那種半夜時間跑上去？而警方也沒有提供監視器，證明他死亡前沒有人出入過那裡。這個案子就這樣被草草地判定為失足而死，結案了。

她不能接受。

所以自己著手調查。

她靠著多年的業務能力，成功向幾名路邊停車的車主要到了幾個不同視角的監視器畫面，確定當晚有人進入大樓，只是無法確定是誰。

她無法證明那個人到底做了什麼，更無法知曉他的身分。

也是那個時候，她遇到了一個人。

對方給了她一個ＵＳＢ，並且將那些監視器畫面剪成了一個像影片一樣的東西，過程清楚地呈現了那晚沒人知道的真相。

更放大了罪魁禍首跨過屍體時，表情上的冷漠和不屑。

她僅靠著這段監視器畫面，就確認了這個該死的傢伙是在拍影片，更掌握到這傢伙手上突兀的赤鬼面具，她利用面具當線索，花了一整晚檢查了所有和探險、靈異相關的ＹＴ影片，最後找到了卡卡利茲這個頻道，但僅僅只是頻道，無法知道經營者的真實身分。

於是她想起給她ＵＳＢ的人，那人說有需要可以再找他，她沒有思考太久就去了。靠他的幫忙，她知道了「顏振宇」這個名字等多項資訊，連這傢伙正在準備高普考也知道了！

那種傢伙居然還想當公務員，一想到這個，她就氣得渾身顫抖，可幫她的人卻說，她也能考，他還能幫忙，讓她的分數可以高到指定去顏振宇待的單位。

她本來不想相信誰、依靠誰，應該說她在遇到洪郁樵之前，並不相信這個世界，所以她本來想靠自己努力，去實現這個目標。

可是，也許是那個大傻還想告訴她什麼，所以才用了這種方法讓她知道，這個世界，還是有那麼幾個人可以相信，即使他們並不是什麼好人。

溫知菱獨自在石二鍋吃飯，即使目標完成，她也沒有任何食慾。

她如同嚼臘般地扒著飯、吃著肉，這兩年多來，她都是這樣，像個空殼般地過日子。

旁邊的女人邊吃飯邊看著新聞轉播，播到馬場大樓的時候，女人幾度發出笑聲。

女人掃光食物，跳下高腳椅時，突然在溫知菱背後說道：「我不會跟妳說，從此以後就好好過日子，甚至可以問心無愧。妳既然選擇了這條路，就要去承擔後果。等事情全都結束後，我們都好自為之。」

溫知菱沒有應聲也沒有回頭，她繼續吃著飯、嚼著肉，忽然嚐到一股鹹味，原來是她的眼淚混進了碗裡。

「謝謝。」她用氣音說道，而女人早就踏著高跟鞋離去。

那天，溫知菱還不懂女人的話是什麼意思，直到過了幾天，她看到了一則新聞，突然隱隱發冷。

她一直以為自己才是那個揮舞鐮刀的死神，那是因為，她還沒看過真正的死神長什麼樣。大概，**就像那個舞孃一樣**。

第三章、生

「又是一個爸爸是老殘窮的米克斯。」

「大概又是靠什麼加分才能拿書卷獎吧。」

「就跟原住民的加分機制一樣，都是需要同情加分的弱勢。」

幾個學生聚集在佈告欄，看著這學期系上獲得書卷獎的同學名單，他們針對其中一名得獎者品頭論足，雖然從三個名字中並無法看出哪個才是他們口中的新住民。

尤成安久違地回來母校台藝大演講，都畢業這麼多年了，這裡的歧視依然沒有改變讓他有種親切感。這可不是他病態還是有被虐狂，畢竟從小被歧視到大，如果哪天有人把他當成普通的台灣人對待，可能還會不習慣到全身發癢。

「書卷獎沒有所謂的加分機制，你們不會笨得連這點都不知道吧？」尤成安笑道：「那還真是不意外你們的名字沒有在上面呢。」

幾名學生轉頭正要大罵，但一看是個人高馬大的東南亞臉孔，立刻卻步，「靠！走了啦！」

「白癡喔，你害怕囉？」

「誰會害怕，是不屑。」

尤成安望著幾名男孩走遠，這才走到學務室報到，好準備接下來的演講。

擔任學務長的陳老師經過幾年的時間彷彿沒有變老，也或許是因為他早期就少年白的關係，才讓人覺得他從很久以前就這麼老了。

「成安啊，好久不見！」

「陳老師，好久不見，您過得好嗎？」

「很好啊！但也沒你好，你去年不是還當了台灣之光，贏了一個什麼獎回來。」

「是英國桑尼藝術獎。」

「對對對、聽說你的作品還去倫敦展覽了一個月？」

「是的。」

「真是期待啊，那個作品今天演講也會好好介紹吧？」

「當然了。」

「來，我帶你去會議廳。」

帶了點尷尬感的寒暄，使兩名戴著面具的人類相互假笑，說著言不由衷的話語。尤成安可沒漏聽到，後方的幾名老師是怎麼耳語他的。

「我們學校為了銷經費有必要這樣嗎？幹嘛找他來啊。」

「沒辦法人家就得過獎啊。」

「那種獎台灣肯定沒多少人知道，不然怎麼輪得到他？」

那些鄙視的言語總是這樣充斥在尤成安的生活中，多到就像問候語一樣。人家都說歐洲人更歧視東南亞人，但事實上他去國外比賽、辦展覽，反而很少聽到這種張揚的批評，大家更多的是在討論他的作品發想力，以及聊他的創作價值觀，以至於在國外的那陣子，他不適應到都起了蕁麻疹的程度。

還是台灣好，正常多了。

這才是他感受到的人類濾鏡。

這場演講很熱烈，那些平時會對新住民冷言冷語的人，在台下看著他時，彷彿忘記了自己的醜陋，把自己變成一個認真聽講的好學生，發問也都問得很有禮貌。

「想問尤老師為什麼這麼快就回台灣呢？獲得那樣的大獎，應該有很多藝術經紀會和您簽約才是，而且在國外發展更有創作空間吧？」一名頭髮上還沾染些許類似白色的壓克力顏料的學生發問。

「這位同學說得沒錯，在國外有獎加身確實能得到更多機會，我私心也很想在國外發展，但一方面我比較喜歡住在自己的國家台灣，另一方面我這幾年致力經營台灣在地的裝置藝術，所以想在台灣做出成績。」

「老師的中文說得真好。」

「對啊，一點口音都沒有。」

「想問老師是在哪裡經營裝置藝術呢？」

「最近主力都在台中的馬場大樓。」

台下一片鬧哄哄，有的人聽過這個地方，有的人沒有，聽過的人都說那裡是個會鬧鬼的地標。

演講結束，有的學生跑來找他要簽名，可笑的是，他們連他的全名都會念錯。簽名、合照、拍限動。

一系列的操作結束，那些學生哪裡還有崇拜之情，全都鳥獸散。

最慢離開的，是一名看起來像是台印混血的女學生，她從頭到尾都用著一種怨恨的眼神盯著尤成安看，眼神更像在仇視。

「同學，有問題想問嗎？」

「沒有。」

「什麼都可以問喔，就算跟演講無關也沒關係。」尤成安繼續引導，果然吸引女學生走近一點。

「我很討厭你。」

「是嗎？謝謝。」

「你看起來非常礙眼！」她突然拿出美工刀作勢要攻擊，尤成安的速度比她更快，他的力氣很大，一把就壓下她的手，並且用力捏握她的手腕，使她痛得鬆開美工刀。

「可是在我看來妳更愚蠢呢，沒有計劃地亂攻擊，跟個畜生有什麼兩樣？喔不、畜生都比妳聰明。」

女學生緊咬下唇，表情極盡屈辱，她立刻甩開尤成安的手跑走，他無所謂地撿起美工刀收好，此時陳老師剛好來協助收場。

「剛剛那個女生怎麼了？看起來好像哭了。」

「可能是太感動了吧，她剛剛表示，看到同是新住民的我有這樣的成就，很是光榮。」

「哈哈哈！是啊，畢竟你是**台灣**之光嘛。」陳老師特別強調地回應，這種時候就愈是要強調他台灣人的身分，明明平常很不屑。

說起新住民身分，也不是每個都會受到如此不公的對待，像是日本、歐美國家的混血人種，這類的困擾就比較少。當然日韓可能還是會被一些傳統家庭的人歧視，但歐美的一定不會。只要看到歐美系的混血兒，大家普遍都會認為孩子出生在好家庭，爸媽一定都是雙重國籍。不過歐美裡的黑人不算在內。

尤成安針對這種分類歧視的方式曾經感到好奇，結果想來想去，終歸是在看對方有不有錢而已。東南亞和黑人，普遍就是會被認為貧窮，好像天生就是長了一副窮酸樣。

這就是無知的悲哀吧。

殊不知猶太人和印地安人，因為經商頭腦和石油，都是世界排名數一數二的有錢。就像他，他的爸爸在幾年前過世後，留下了大筆的遺產，家中親戚只剩下他一個人。畢竟他爸爸是當初跟著二次大戰來的軍人，中國的親戚都找不到了。他爸爸最後確實是花錢買了一個泰國的媳婦，兩人相差三十歲，但他們在十七年前離婚，離婚後他就再也沒有母親的消息。

父母離婚後不久，父親經常在喝多之後打他，他也挺習慣的，反正在學校也是挨打。挨打和歧視性的辱罵對他來說不痛不癢，彷彿在他的心上結了一層保護膜，會自動隔絕這些傷害。

每當受到暴力的時候，總有一個自己飛上半空中俯瞰，俯瞰著挨打卻不吭聲的自己，俯瞰那群孩子看似天真卻邪惡的表情。那可比看什麼摔角，要精彩得多。

尤成安搭高鐵回到台中，再從高鐵站搭車到台中車站，出站後他選擇步行，沿著台灣大道走，很快就抵達綠川水道附近，經過東協廣場的路段，看到不少東南亞移工聚在路邊，幾乎是成群結隊，他們吸著菸，用著不避諱的目光恣意看著往來路人，僅僅光是這樣看著，就造成路人不小的壓力，大家都習慣在經過他們時低下頭，盡量不四目交接。

尤成安則是故意回看他們，而有的人會對他說印尼話、泰國話，他分不清那是什麼語言，他唯一會的外語是英文。泰文他始終學不會。

突然其中一名男子抓住他的肩膀，語氣中帶著不耐煩，霹哩啪啦地不知道在對他說什麼。

「不好意思，我聽不懂。」尤成安只能用一口標準的國語回答。

結果那群人就笑了，笑得人仰馬翻！指著尤成安又說了一串又一串聽不懂的語言，他們並沒有揍他，也沒有趁著說話時拿走他身上的什麼東西，他們放過他了，可是他光看表情也猜得出來，他們正在說些什麼。

——可憐啊！又是個混血，連母語都不會說。

尤成安總是弄得兩邊不是人。

這大概就是他活了三十年來，最艱難的處境。

好在，這個世界並不是什麼也沒給他。

就像藝術，他總能在創造藝術的時間裡，找到一絲平靜，讓那飄浮在半空中的自己，稍稍飄下來一點點。

他回到馬場大樓。他買下這裡已經有一段時間，是陸陸續續買的，好不容易在今年年初，總算將五樓、六樓和十三樓大部分可堪用的地方都買齊了。為了找到那些人不容易，有的連屋主都下落不明，呈現失蹤狀態。

因為只有他一個人力，他花了很多時間整理、創作，到現在才變得有模有樣，差不多可以開放售票，讓人來探險了。用「探險」兩字，無非就是這裡不久前才剛有一名保全無故摔死，雖然最後是意外結案，但用這個當賣點的話，應該可以吸引不少人。

尤成安從ㄇ字樓梯爬上頂樓，他前兩天才在頂樓的水塔作畫，想去看看經過昨晚的大雨，有沒有受到影響。

沒想到他才剛走上去，就聽見飛碟屋那裡似乎有嬉鬧聲。

他順著小樓梯再往上爬，果然看到一群東南亞面孔的男男女女，坐在那飲酒作樂，有幾個女人上身幾乎半裸，就算看見他上來，他們也不打算停下，還不停地對他招手，似乎是在邀請他。

隨著風吹，他似乎聞到一股燒塑膠的味道，他馬上認出來那是K菸，他們竟然明目張膽地在這裡吸食毒品。

那些人仍然對他又喊又叫，有的笑得花枝亂顫，不知道在高興什麼。他略過他們走到水塔處，發現水塔上的塗鴉，被更醜的黑色噴漆胡亂噴過，地上還擺著兩瓶黑色噴漆罐，他撿起罐子，看向那群人。

「這個是你們噴的嗎？」

一聽見他的一口標準國語，那群人果然又吵吵鬧鬧起來。

「請問這個是你們噴的嗎？」尤成安加大音量，引起幾個男的不滿，他們走過來，身高雖然跟尤成安差不多，但三個男的堵在他面前，看起來還是勢單力薄了些。

「對啊，怎樣？」中間的男人說著一口帶有口音的國語。

「這裡是我的地。」

「那又怎樣？」

「我可以報警抓你們。」

「哈哈哈哈哈！」幾個聽得懂中文的人都笑了。

「你報警看看啊，來，要不要借你電話？」右邊的男人撥了一一〇遞給尤成安。

尤成安就像個被霸凌恐嚇的乖孩子，照他們的話拿起電話，他還不怕死地說這邊的這群人都在吸毒。此番言論更是惹得他們一陣嘲笑。

電話中的警察卻不這麼輕浮，他們說馬上派人過去，尤成安趕緊下去一樓等待。

等了五、六分鐘，警察果然來了。

兩名警察下車後，穿越大樓中間的走道，走到樓梯口，其中一名冷冷地問：「剛剛有人報警說這裡有人吸毒，是你嗎？」

「你聽得懂中文嗎？」

「我聽得懂，是我報警的，我叫尤成安。」尤成安邊說邊拿出身分證。「頂樓有一群……」

「行了、行了！知道了。我給你時間自己想清楚，你如果確定要報案，你也要跟我們回局裡驗尿，誰知道你們是不是一伙的，但如果你放棄，我們就當沒這回事。」

「什麼？」

「學長，你講太快了，他聽不懂啦。」

「我聽得懂，我是台灣人。」他晃著身分證。

「簡單來說，跟我們回去驗尿，還是放棄報案？」

尤成安放棄跟這兩名警察溝通了，他們就像過去每個歧視他的人一樣，明明彼此都在說中文，但頻道卻差了十萬八千里，怎麼溝通都無效。

「我放棄報案，對不起打擾了，浪費了國家資源。」尤成安畢恭畢敬地鞠躬道歉。他們笑說區區一個印尼人沒想到還懂禮貌。

尤成安的笑容自然不做作，這是他多年訓練的技能。

尤成安送走警察後轉身，就看到原本那三名移工，正取笑地在拍攝，他們魚貫下樓，並把飲料垃圾往他的身上丟。

「他剛剛說，喔！我是台灣人！」

「哈哈哈哈哈！」

一伙人夾雜著中文和外語取笑尤成安，但他只是拍掉身上的食物碎屑，並彎腰撿垃圾。此時突然有名女子出現，跟著他一起撿。

女人的表情冷漠，手腳卻很俐落，一下子就把那些人亂丟的東西全都丟到旁邊的大垃圾桶中。

尤成安找出衛生紙遞給她，「謝謝。」

「你對這裡很熟？」女人的一雙眼睛相當冰冷，就連語氣都像機器人一樣，毫無情感語調。

「我在這裡買了幾間房子……」

「那你有裝監視器嗎？」

「我有裝。」

女人突然站到離他更近的位置，瞪大的雙眼佈滿紅色血絲，「可不可以，借我看看紀錄？」

尤成安忽然意識到這個女人可能是誰了，她想看紀錄，就代表了她和前陣子在這裡意外死亡的男人有關係。

「可是一般紀錄都只會保存七天，請問妳想看哪一天的呢？」

「只保存七天……」女人發亮的眼神瞬間黯淡。「我要看的是更多天以前的。」

女人不再搭理他，轉身就走，那種漠不搭理和平常歧視他的人不一樣，對於女人來說，好像只有相關的事物能引起她的注意。

尤成安並沒有察覺，此時牆上掛著的小鏡子，反射出他此刻的表情，既扭曲，又竊喜——像找到了新玩具。

「妳和那個保全是什麼關係？」他猜測性地問。

女人一聽到關鍵字，立刻充滿殺氣地回頭，「我是他老婆。」

「我這裡，可能有妳想要看的東西。」

她瞇起眼，「我需要付什麼代價？身體也可以，什麼都可以。」

「別別別，我可沒那種奇怪的興趣，就當作我日行一善，像妳剛剛幫我撿垃圾一樣。」

尤成安邀請女人上樓坐坐，她倒是沒有戒心，不如說對喪夫的女人來說，死已經不重要，如果可以找到真相，要她去地獄也會去。

原本尤成安只是為了欣賞才將這些監視器畫面保存下來，並且還剪成了連續性的影片，可以一路看到保全是怎麼從摔倒再二次摔倒致死的，當然也沒錯過將罪魁禍首放大顯示。

他很喜歡觀察人類。

平時觀察他們欺負自己還不夠，像這種特殊事件的發生，更是難能可貴。尤其此刻，他正緊盯著女人看影片的樣子，光是這樣就足以讓他雀躍難耐，沒想到女人從頭到尾都面無表情，她平靜地看完影片，沉默了許久。

「謝謝，我要走了。」

「妳不想要這個檔案？」

「你可以送我一份？」

「當然啊。」尤成安立刻複製在另一個ＵＳＢ給她。

女人接過之後就離開了，離開前尤成安還不忘對她說：「我叫尤成安，我是這些裝置藝術的策辦者，我都會在這裡，有需要隨時再來找我。」

女人沒有應答也沒有回頭，完全看不出來在想什麼。

唯獨尤成安戲謔地笑了，哪怕女人掩飾得再好，她那緊咬牙根的下巴，可騙不了人。

他一直覺得觀察人類很有趣，有趣到會刺激他的創作慾。

他拿了幾罐不同顏色的噴漆，再度回到水塔前，那伙人吸食過毒品的氣味彷彿還滯留在空氣中，隱隱刺鼻。

原本他在水塔上畫的是小丑，這次不同了，他將整個水塔當成人體的解剖圖，仔細地畫出頸部以下、鼠蹊部以上的半剖圖，再接著畫到胃裡的東西，他還加上手骨在胃裡漂浮。

天色漸漸黑了，他躺在地上休息，從倒反的視線中，他看見有個人爬上樓梯過來，那人穿著一雙又黑又髒的耐吉球鞋，以及一條拖地的牛仔褲，男人愈走愈近，走到可以俯視尤成安的地方才停下。

那是稍早前站在中間的那名移工。

他笑著露出一口黃牙，吐出一口K菸在尤成安臉上，「想不想找點樂子？」

尤成安露出和他一樣的笑容，不同的是他的牙齒是潔白的，「好啊！正好無聊呢。」

男人脫下了褲子，露出他那充滿氣味的生殖器，天色已經完全暗下來，每次黃昏總是過得那麼快，還來不及點燈，周遭的景色就已經被黑色包覆。如同尤成安的嘴，也包覆了各種醜陋。

「找點樂子」對尤成安來說是個體力活。

好在昨天他有記得吃午餐，不然等完事後都已經過了十幾個小時了，實在耗費體力。他已經好久不曾找樂子了，這種事並不容易，這也是他後來選定馬場大樓的原因之一，他算準了這裡夠偏僻，能做的事情非常多。

他將自己梳洗完畢，仔仔細細地刮鬍子、剪指甲，鏡子中的他有一頭自然捲，凹陷的眼窩顯示他整晚沒睡的辛勞，除此之外他的氣色精神奕奕，像經歷了一場好事。當然這場好事還沒完，還有很多後續要處理就是，他暫且把浴室門關上，避免氣味蔓延。

門外突然傳來敲門聲，他隨手打開監視器畫面，發現是那個女人。

「你說，有需要幫忙的可以找你，對嗎？」

「是啊。」

「我需要幫忙，請你幫我找出這個ＹＴＲ的真實身分，做得到嗎？」女人亮出手機畫面，僅僅過了一晚上，她就找到了那晚出現在這裡的人拍過的影片。

「有點難度，但應該可以做到。」

女人表示要進屋等他，無論多久她都可以等。

「好了我可以聯絡妳啊。」

「我需要立刻馬上知道，一秒都不能等。」

尤成安猶豫了幾秒，他想起桌上好像還擺了一些小玩具，是他打算要精心雕琢用的。

他所住的五樓房，空間大約是一房一廳的大小，但因為整棟大樓年久失修，有很多角落的牆壁都剝落了，他也還沒整理，實在不覺得這個女人有辦法忍受待在這。

他請女人在看似客廳的角落坐下，桌上擺著他的小玩具和一些勵志書籍，他則抱著筆電坐在離她有段距離的地方作業。

「我盡量快，妳自己隨便打發時間。」

「這個模型骨真特別。」女人拿起桌上還有點潮濕的手指骨。

「自己做著玩的。」

「我查過你了，你好像得過藝術獎。」

「連我是誰妳都查得到，居然查不到這個人？」

「因為你有給我名字。」

「那妳叫什麼名字呢？」

「溫知菱。」

「請多指教囉。」

「嗯。」

尤成安覺得這個溫知菱愈來愈有趣了，從來沒有人和他對話超過十句了，都還沒說出那句話過——「你的中文好標準，完全沒有口音。」

這或許，才是他願意幫忙的原因，不單單是因為喜歡觀察人類而已。

似乎除了微生物以外，好像無論是什麼動物，都本能地擁有這個既可悲又可笑的能力。求生慾。

哪怕一個本來就已經死意堅決的人，也可能在上吊的時候拚命掙扎直至下顎斷裂、再也吸不到氧氣。他還聽說跳樓是最痛苦的死法，在旁人看起來墜落地面不過幾秒鐘，但對於正在下墜的人來說，墜落的時間會變得相當漫長，漫長到真的可以回顧完一生的程度，所以就算後悔也無法改變了，自己只能等待時間過去，迎接結束生命的撞擊。

但無論哪一種死法，只要接近死亡邊緣，生物就會本能地產生求生慾，就算只是一隻身體分家的蟑螂，明明只剩上半身了，還是會拚了命地，想要爬回下水道以求安生，儘管牠根本不清楚自己活不了多久了。

那麼植物人呢？有人說他們不過是在漫長的時間流逝中，等待死亡，但人是種適應力不亞於蟑螂的生物，也許一開始會不習慣無法驅動四肢，但只要適應了這樣的生活，自然會從這看似無趣的生活中找到活著的樂趣，漸漸地就不那麼想死了。

國外有名患有閉鎖綜合症的女子，除了眼睛以外的部位全都不能動，不過意識卻是清楚的，她被父母丟在沙發上整整十二年都未移動過，最後雖然是被餓死的，然而那整整十二年間，她若不想這樣苟活，她其實可以更早地結束自己的生命，只要拒絕進食就好了。可她沒有這麼做，她讓身體組織幾乎和沙發融為一體，直到父母再也沒有餵食她為止，生命才終於結束。

都是求生慾。

尤成安看著眼前終於完成的紙雕作品，滿意地點點頭。作品材質使用純棉紙材，除了外框設計成平面，框內的人手是立體的，彷彿像有人正從地獄中伸出求援之手似的，除此之外他還設計露出半張嘴巴，但就算只有半張嘴，掛起來一看，還是彷彿能從作品中聽到來自深淵的悲鳴，震耳欲聾。

他將作品掛好，轉頭看著那名躺在破舊沙發上睡得昏沉的女人。

女人要的答案他早在三個小時前就找到了，不過因為她睡著的緣故，所以他把握時間將作品〈深淵悲鳴〉收尾。

他拿起桌上的手指骨把玩，盤算地看著女人。

溫知菱總算緩緩睜眼，她一對上尤成安的目光，輕微地哆嗦一下，不明顯。「你找到了？」

「找到了，妳可以直接用我的筆電看。」

哪怕溫知菱明明感覺危險，卻仍然不顧一切，她坐在筆電前，不熟悉桌面的她根本不知道要點哪個資料夾，就在她看著並要點開那些各種日期的資料夾時，尤成安阻止她。

「別急，在這兒。」

關於她想知道的個資，鉅細靡遺到連 Google 地圖中截下的地圖照片都有，清楚地附上那個人住哪、有哪幾個社群媒體，連被開了多少罰單、報名過什麼公家機關等相關資料，通通通都有。

「他居然在準備高普考。」

「是啊，感覺這次能考上呢！畢竟他上次的分數，真的只差一點點了，他雖然考了很多次，但每次的正確率只增不減，看得出來有在努力。」

「這種人還要努力……」

「怎麼樣？妳要不要也考看看？」

「我為什麼要做那種事？」

尤成安浮誇地笑道：「不會吧？妳費盡心力找到這個人的個資，就只為了沒頭沒腦地提刀去報仇，然後再坐牢？為什麼啊？為什麼妳要為了那樣的人斷送自己的人生呢？」

「關你屁事。」溫知菱迅速拿出紙筆抄下她需要知道的資料，打算抄完就走。

「是不關我的事沒錯。」

尤成安看她真的要走了，又說：「希望妳明年去拜妳先生的時候，不會感到愧疚，喔不……明年妳不會去拜祂，因為已經在監獄裡了。」

溫知菱被戳及痛處，準備邁出的步伐懸在半空，怎樣也踏不出去。

所以他就說了，無論怎樣，人都是有求生慾。那個慾望的本能來自於那些掛念，就算再怎麼想死的一個人，生命中都會有那麼一個罣礙。

「所以，我為什麼也要考？」

「當然是為了接近他呀，報仇不一定要手染鮮血去坐牢才可以吧？還是妳覺得自己的智商比那傢伙差？」

「他那種人都考那麼多次，等我考上早就不知道過多少年了。」

「我可以幫妳啊。」

溫知菱冷笑，「幫我？明明這麼討厭女人？」

一直處於談判上風的尤成安表情一僵，這個女人跟他認識不過幾個小時，對話也才那麼幾次，她是怎麼發現他的想法的？他明明沒有透露任何厭惡之感，畢竟他的確不討厭她。

「怎麼說？」

「你可能自己都沒察覺吧？哪怕那天你遇到了那麼討人厭的三名男子，你對他們都沒露出嫌惡的表情，可是你一看見我，眼神就充滿嫌惡，就連我幫你撿垃圾，你也無法真心地對我感謝，甚至你對我有興趣，不過也是想看我痛苦，不是嗎？」

尤成安沉默不語，他看似不在乎地繼續把玩手骨。

「愈是厭惡的東西就會愈注意，人們無法對著喜歡的東西看太仔細，因為喜歡只能偷偷觀察，但討厭的卻能明目張膽地看個仔細。所以你這房間裡的藝術品，都和女人有關。」

「這個我不同意，有很多藝術家不厭女卻也喜歡畫女性。」

「好吧，但至少你變相承認了。」

尤成安一愣，上當了。原來我的話這麼好套的嗎？

這個女人真的不笨，很聰明。

「妳可能真的考得上喔，妳如果相信我，我可以幫妳。」

「不必了。」溫知菱和他一來一往爭鋒相對，最後還是走了。

他拿起磨砂紙磨著手骨，愈磨愈光滑，光滑到像女人的肌膚一樣——磨過頭了。他把骨頭丟到垃圾桶，從旁邊的箱子中他又拿出一根手指骨，重新拋光，這次磨到剛好還有一點沙沙的為止，到這裡剛好。要好摸，又不能太滑，才不會太噁心。

他打開監視器畫面，看到那幾名移工又來了，他們吵吵鬧鬧，卻渾然不覺同行的人少了誰。最好都不要發現，最好就這樣繼續做礙眼的事，這樣這裡的藝術品才有夠多的材料能使用。

就像他父親常說的：「垃圾就是要好好回收利用才是個好垃圾。」

過了近半年的某天，尤成安因為少了很多人來這吸毒打鬧的關係感到有點無聊，一直遲遲未開張的裝置藝術售票展，他終於決定開張。沒想到開張的第一天，就有名穿著緊身洋裝的女孩到來。

「一位，謝謝。」

他瞥了她一眼，「穿那種鞋子摔倒了，我們不負責喔。」

「放心，我很會穿高跟鞋，哪怕喝到斷片了，也能好好走路。」

尤成安不願意搭理她，任她自行爬上這棟危樓。他回到五樓房間，想看看那女孩會不會一下子就已經在哪摔死了，沒想到她竟然直攻十三樓，獨自站在飛碟屋前許久。

因為監視器的角度看不到她的表情，他基於好奇決定上去看看。

飛碟屋這一塊經過他這半年多「回收垃圾」的行為，不太會有一些亂七八糟的人來，不然以女孩那種穿著打扮，現在可能早就名節不保。

女孩聽到腳步聲，回頭瞥了尤成安一眼，笑道：「喂，聽說你一個人買了十三樓這邊的產權好幾處？那飛碟屋那的呢？」

「那個飛碟屋的地板早就坍塌，買了也沒用，又進不去。」尤成安沒有訝異女孩為什麼會知道他掌握多少產權，既然人家都敢這樣直接講了，肯定是對他事先調查過。

「我賣你吧，相對的，我幫你把裝置藝術展的這塊事業弄起來。」

「我看起來像缺錢的人嗎？」

「是不像啊，但你看起來好像很缺人類？還是人渣？」女孩的眼睛很美，濃妝豔抹的眼底閃耀著異色——她這話已經不是單單對他身家調查這麼簡單了。

這不可能。

馬場大樓之於尤成安，可說是一手遮天的程度，他能掌握每天會來這裡的所有人，甚至也知道每次有火警報案時，會來這裡出勤的警察或消防員大概有誰。因為幾乎每次都是誤報，所以會被派來巡視的，都是在局裡相對老好人的那幾個。

因此，他做的所有事情，不可能會被看到、知道才對。

他細想一會兒，如果是有人發現這裡經常有人失蹤，利用那些謠言揣測的話，那麼她不過就是在虛張聲勢。

「我對妳說的一切都沒興趣。」

「我媽曾經死在這裡，就是那，她在飛碟屋內的包廂廁所，用喇叭鎖把自己吊死。」

喇叭鎖？不可能。

在尤成安對於求生慾的認知中，能用喇叭鎖把自己吊死的人，已經不單單只有死意堅決而已，那要有非常大的毅力和不動搖的決心，才有可能做到。

「是什麼讓她死意這麼堅決？」

「是因為我，她不想讓我因為她背債跑路，而活在陰影之下。」女孩說話坦蕩蕩，哪怕說到母親之死，也絲毫沒有悲傷之色，更沒有咬牙根或其他忍耐的動作，好似她真的無所謂。

尤成安嘴角微彎，「如果妳說的是真的，那真是有其母必有其女。」

那名高跟鞋的女孩叫做林佳琪，她用破天荒的三萬價碼出售產權，卻獅子大開口地要求每個星期日的特殊展，她要一次收一萬。

尤成安不是笨蛋，他當然不會白白被坑錢，雖然林佳琪收費高，但她的藝術美感卻很好，與其說是美感，更該說她所想出來的藝術充滿性與暴力的破壞力，這種類型反而很符合馬場大樓的整體調性，再加上每個星期天的特殊之夜，她都會打扮成鬼舞孃，反而成了這個展的一大看點，僅僅舉辦兩個星期，已經在社群中傳開。

「小安，樓下有個女人找你。」林佳琪滿身酒氣，看起來是剛從酒店下班，她最近經常下班不回家，沒事就繞來馬場，自然地在他五樓的隔壁房住下，明明只有又舊又髒的床，淋浴設備也相當簡陋，以她的收入大可去別的地方住，但她就是喜歡來這裡。他大概知道原因，畢竟這裡是她母親的葬身之地。

他打開監視器，看到熟悉的人影站在樓梯口，並沒有貿然地上來。

「好久不見。」尤成安緩緩下樓，半年多沒見的溫知菱看起來更加瘦弱，就連黑眼圈也相當明顯，好似都沒在睡覺。

「你之前說可以幫我，還算數嗎？」

「妳還是一樣單刀直入。」

溫知菱似乎因為睡眠不足，看起來心浮氣躁，「到底幫不幫？」

「我可以幫妳，但妳現在這種健康狀態，別說是備考，妳可能連去面試打工都不會被錄取。」

「所以你要我怎樣？」

「補充睡眠、好好吃飯，一個禮拜後再來找我。」

「好。」溫知菱簡直就像個只知道執行命令的機器人，她點頭答應，便迅速離去。

尤成安的表情稀鬆平常，讓人看不出正在盤算什麼，他明明討厭女人，結果就像莫非定律，他不得不和這些令人討厭的生物共存共榮。

不，他其實連自己都討厭。

他轉頭望向那面刻意掛在樓梯口旁的鏡子，鏡中的他看起來依舊像個妥妥的外國人，就算都沒曬太陽也無法變白的肌膚，就算剃光再長出來還是一樣捲的頭髮，這一切，都令他生厭。

「聽說你這兒很邪門啊？來過這的人常常都會突然消失？」一名男子忽然在他後方出現，他身穿一件灰色T恤，衣領都洗到變捲發皺，西裝材質的褲子接近小腿處還有一點破洞，以及一雙老舊的慢跑鞋，都顯示出此人對於衣著疏於打理，或是經濟不太好。

這些細節尤成安只看一眼就看完，不會讓對方察覺有被人打量過的不適感。

「我們這的傳聞可多了，還有鬧鬼傳聞呢，這樣很好，我都不用宣傳，客人就絡繹不絕。」

「你是那個展覽的老闆啊？」

「是啊。」

「平時都住在這兒嗎？」

「這裡又舊又髒，如果不小心地震了我還會有危險，你覺得呢？」

「不正面回答，聽起就像有那麼回事。」

「我怎麼有種被審訊的感覺？你是警察嗎？」

「哈哈！我只是很好奇這裡的各種傳聞罷了，我可以買票上去看看嗎？」

「請便。」尤成安收了票錢，並沒有跟著上去，而是暫時離開馬場，一方面是為了躲避那個可疑男子，一方面是也是需要去買些書，好讓他能對溫知菱對症下藥。

都答應了就會做好，是他一貫的作風，哪怕他討厭女人，也會忍耐。

以溫知菱的要強個性，肯定是走投無路了才會來尋求幫助，不過他自有一套辦法。這是他歷年來遇到考大學還是考各種證照時的撇步。

他認為無論是哪種考試，出題人又不是AI，一定都是什麼教授、教師或相關學者。既然都是學者，一定有出過書，就算沒有也會發表論文。他會查出近五年的出題者，以及看完近五年的所有歷史考題，看完考題後他並不會執著於到底有多少題目不會，他會去看出題人的書籍、論文，通常一定會在裡面發現和題目相關的論述。

他就是靠這招，才有辦法在那段痛苦的過往中，還能考到想要的學校。

「太有趣了，你這種方法連國考都行得通？」傍晚時分，林佳琪一邊化妝打扮，一邊閒聊，聽到這種考試方法，顯得躍躍欲試。

「妳也想考試？」

「我先用你這招來試試高中學力鑑定考吧，我想考那個很久了。」

「看妳要給我多少，我可以幫妳整理前置。」

「行啊，前置三萬，考中後五萬。」

尤成安搖搖頭，「妳真是個鐵公雞。」

「我的錢很寶貴，要用來做很多事，當然不能太大方。」

他沒有繼續討價還價，畢竟對他來說本來就不缺那一點，父親過世後的保險金直到現在，他都還沒動到半分，之前買房的資金，都是父親原本就有留下的錢。他也是直到父親過世了，才知道他那麼有錢。但那有什麼用，活著的時候，連給他買支筆，父親都嫌貴。

一星期後，溫知菱準時報到。

經過一星期的休養，她的黑眼圈消失了，原本凹陷的臉好像也變圓潤不少。

「妳看起來狀態很好，怎麼辦到的？」

「這也沒什麼，我每天吞三顆安眠藥，並訂了豪華月子餐，每天都吃光。」

「妳的執行力真的好恐怖。」

「不，我還差太多了。那傢伙他考上了，如果想要考到和他一樣的單位，我相信只有榜首才有那個選擇權，可是我沒有方法，光靠死讀書太慢了。」

「那妳找我就找對了，不過不管怎麼說，妳都得租一間小房間念書會比較好，我這邊看了幾個選擇，都還不錯，只要裡面不擺床、電視等任何分心的傢俱，我想很適合唸書。」

溫知菱推開那些資料，「我的自制力不需要去別的地方念，你按照步驟給我計畫、方向，我自有辦法完成。」

「我想也是。」尤成安拿出另一疊已經整理好的資料給她，她卻遲遲不肯收下。

「怎麼？」

「我需要付什麼代價？」

「我還沒想到，我不缺錢。」

「那你缺幫手嗎？」

「啊？」

溫知菱走到旁邊的小桌子，拿起其中一塊白色石頭，「上次來就覺得這東西眼熟了，這是人骨吧。」

「誰知道呢。」

「我什麼忙都能幫，只要我能考上。」溫知菱說得有氣魄，但嘴唇卻微微發白。

「那就等妳考上再說吧。」

尤成安沒有送她，反倒是重新拿起他最愛把玩的手指骨，心裡想著他到底要不要利用一下這個執行力近乎瘋狂的瘋子。

「喂小安，你剛剛提到的那些房子資料，給我看看，我需要。」連門都不敲，林佳琪直接開門進來，由於建築老舊，這裡的隔音根本就像沒隔一樣，有時候林佳琪晚上看A片的聲音，他都能聽得一清二楚。

「也好，找到就趕快從我這滾，妳晚上看片的聲音真的好吵。」

「還是你也想跟我來一炮？」

「滾。」尤成安笑著說道。

「先等等嘛，那個女的，是什麼來歷？」

「不關妳的事。」

「大家認識一下啊，我猜她會來這，肯定也跟這棟大樓有過什麼關係吧？」

「妳何不利用自己的錢去打聽？」

「我發現你這人特別愛記仇。」

「彼此彼此。」

林佳琪拿著資料笑了笑，接著目光也放到了手指骨上，「你這個真的是人骨啊？」

「誰知道呢，重要嗎？」

「喂，你做**這些事情**，爽嗎？」

尤成安臉上的假笑消失，他看著那張卸了妝就素淨到像個普通女高中生的女孩，但眼神卻同他一樣，早沒有了乾淨的目光。

「大概就跟妳從客人身上撈錢的感覺差不多？」

「哇啊……很會比喻，那就是不爽。」林佳琪帶上門，沒讓人瞧見她的表情。

他不自覺地焦躁抖腳，他很久沒這樣焦慮了，顯然因為那些尖銳的問題，逼得他又焦慮難耐。爽不爽一點都不重要，重要的是，他在幫這個世界淨化，他做的事情是好事，就跟去海邊撿垃圾一樣。

即使這麼催眠自己，他腦海中的那些片段突然強硬地塞進腦海，那些人求饒的樣子，以及過去他跪在家中浴室苟延殘喘的慘樣，交互重疊，一層又一層，幾乎讓他無法分辯真偽。

砰！

他隨手抓起旁邊的酒瓶，用力往自己頭上一砸！玻璃碎裂，他的右手和頭迅速滴落鮮血，如同這過去數個夜晚一樣，滴滴、答答，剛從傷口噴出來的血不是冷的，有點溫熱，吃進嘴裡不腥，反倒有點鹹鹹的，鐵鏽味並不明顯。他貪戀地舔著手上的傷口，舔著那些順著臉流下來的血，很是滿足。

血的味道、疼痛感讓他恢復理智，差那麼一點，他又要被黑暗吞噬，他總是活得很吃力，總是要用盡全力，才能勉強維持著**人**的樣子。

——好想撕裂。

每當尤成安有這種念頭時，過往那些攻擊過他的聲音，就會如排山倒海般襲來，直接往他的身上灌，比海水倒灌還嚴重，比一場大地震還殘酷。

這個世界彷彿對於忍氣吞聲的人，只會更無情。

他想起以前為了逃離父親，自己打工存錢的那段日子。

在飲料店打工原本該是個單純的工作，由於他是男生通常都是負責煮茶或外送，但外送地點常常一次好幾個，都是四面八方分散的，完全不順路。這也導致收到客訴在所難免，他做的是中班，卡到下班時間更是讓飲料經常延遲送達。

「尤成安！你到底是在外送還是在偷懶？」半途他接到店長打來的電話，火氣非常大。

「我快要到了，因為剛剛……」

「我不想聽藉口！你就是在偷懶！你們這些外勞都一樣啦，就是在自己的國家找不到工作才會來台灣，好吃懶做得要命！你知道因為你的關係，已經有好幾個常常跟我們訂的老客戶說，不希望由你送嗎？」

「我……對不起，我馬上就到了。」

他送到客人那時唯唯諾諾，完全不敢看人家一眼，深怕對上了目光就要挨罵，順利收到錢回去店裡，所有人都像沒看見他似的，也不再交辦新的任務。

他只好自己去看外送準備台上的飲料，對照每一張單的地址和飲料數量。

「幹嘛、幹嘛？我剛剛電話裡說得不夠清楚嗎？不需要你送，你就去煮茶好了。」店長走過來訓斥。

「請問，我以後都是負責煮茶嗎？還是也可以來前面搖飲料？」
「你不要笑死人了好不好？誰要喝你的手搖過的飲料啊？」
尤成安的頭壓得更低，他乖乖去煮茶，煮得滿頭大汗、頭暈目眩，都煮得差不多時，他提著茶葉渣到店的後門去倒，沒想到回來時，聽見了裡頭的竊竊私語。
「那個泰勞也太慘了吧？客人明明就只有那個阿琴小吃部打來罵而已。」
「對啊，而且那個阿琴根本就是每次訂不到十五分鐘就會打來罵一次，店長明明都知道。」
「那又怎樣？誰叫他不是台灣人。」
「沒想到妳也有種族歧視啊。」
「別說得自己很清高一樣，你自己還不是覺得他煮茶煮得快看得很不爽？」
「我就覺得他一定沒遵守規定的時間啊，不然哪可能那麼快？」
站在後門的尤成安，只是喃喃一句：「我說過我不是泰勞了。」
後來他還是在那間飲料店撐了一年多，就算大家對他冷嘲熱諷到都像是招呼語了，他也不在乎。他發現只要不在乎，沒有任何人可以傷害得了他。
只有偶爾，很偶爾的時候，他的內心會有一股想要把一切都撕裂、撕爛的衝動出現。那種時候，他通常會打床鋪，只是床鋪造成不了痛感，當他想要更激烈的時候，就會捶牆，捶到關節都是血，捶到把父親吵醒為止。

他永遠記得那次把父親吵醒後，父親第一次沒有因為被打擾而揍人，應該說從此以後，父親不再對他動手動腳了，連那些難聽的話語也不說了。

——好想撕裂。

此時的尤成安光是拿酒瓶砸自己的頭還不夠，他感覺有更多的痛苦正在撕裂他！他忍不住衝去廁所吐！吐個乾淨以後，他笑了，邊笑邊洗臉、洗頭，把血跡清乾淨。接著他戴上帽子和手套出門，走到樓梯口，他瞥了一眼那面鏡子，鏡中的他看起來非常興奮，就好像要親手去結束這股一直在撕裂著他的痛苦一樣興奮。

他來到東協廣場，這個廣場從二〇一六年起就正式成為東南亞特色的廣場大樓，也是台中移工假日的聚集處，白天出入的人潮眾多，到了晚上則會出現喝得醉醺醺的移工們，就連街友也會佔據騎樓處休息。

他坐在其中一名已經鋪上報紙當棉被的街友旁，街友只看了他一眼，完全不在乎他要幹嘛。

尤成安靜靜觀察人來人往，他發現流連騎樓的移工們，同時也正在盯著從綠川水道逛過來的旅客。

其中一名平頭的男子，似乎是盯上了一名提著公事包的女人，他們彼此使了眼色，各自錯開，偷偷尾隨女人。尤成安同時，也尾隨著他們。

沒想到女人的反應機警，她似乎發現被尾隨，竟然躲到了超商裡，看起來正在打電話求援，那幾個人便悻悻然離去。

尤成安走進超商，聽到女人正用著不耐煩的語氣在抱怨：「對啊！真搞不懂警察不好好巡邏在幹嘛，外勞整天都待在那裡也不去驅逐。真的！看起來就是沒在工作，拜託現在只要請了外勞，不是逃走就是偷東西，誰要請啊？不說了，你快點來接我。」

女人一轉頭，就看見尤成安站在她身後，嚇了一跳！

「啊！變態！」

店員立刻跑來關切，「小姐，怎麼了？」

「這個人一直跟蹤我，還跟進來超商！好噁心！」

「我沒有跟蹤妳。」尤成安手上拿著一碗泡麵，無奈解釋。

「他就是跟蹤我！他跟別的外勞是一夥的！我看到了！」

此時已經有人拿起手機在拍他們，女人見狀情緒更加激動也跟著拿起手機，「拍他、拍他！拍這個跟蹤狂。」

——好想撕裂。

撕爛這個女人的嘴，撕爛這個世界。

警察很快就到場，沒想到到場的警察其中一個還是熟面孔，是那個前幾天去找尤成安攀談的邋遢男。

「到底怎麼回事？」

女人可憐兮兮地說：「我從綠川那邊過來，這個人和他的同伙一直在跟蹤我，我太害怕躲進超商，他還跟進來！離我這麼近！」

「我真的沒有。」

「他光講話就不像是外國人啊。」邋遢警察說道。

「小姐，妳要對他提告嗎？」警察的搭檔問。

「算了啦！告他們這種人也沒好處，他們又沒有錢賠我。」

於是這場糾紛就在當事人不提告，所以不會開三聯單的情況下結束。

陳啟明叫住尤成安：「我相信你沒有跟蹤。」

「為什麼？」

「直覺。」

無聊的直覺。無聊的邋遢警察。

尤成安覺得警察這類人，都有種莫名的自以為是，自以為是警察，所以就對可疑的人事物特別靈敏，自以為有雙辨案的眼睛，就用一種高高在上的目光，看透全世界。

警察離開了，旁邊一台黑色轎車下來了一名男人，從車窗可以窺見，剛剛的女人正坐在副駕駛座。

「喂！」男人不分由說地就給了尤成安一個右勾拳！尤成安摔倒在地，緊接著褲子上就被吐了口水。

這個世界好像對有色的人種都是這樣。班上誰的東西不見了，會說是原住民偷的，當有了像他這樣的新住民時，他的地位就比原住民更低，那個代罪羔羊就會是他。那種理想的弱小族群團結互助的情節不曾發生，原住民通常會和其他孩子一起欺負他。

尤成安簡直成了別人用來自我表彰的道具，比如此刻的個男人，也是為了在女人面前展現男子氣慨，所以才這麼做。

尤成安擦擦嘴邊的血，慢慢踱回馬場大樓。

出門「狩獵」無果，尤成安感到更加煩躁，只是樓梯才爬了兩層，他聞到了熟悉的塑膠味，立刻動身在每一層找人，他沿著味道找到五樓，只見他的屋子門敞開一半，裡頭聽起來有人正在翻箱倒櫃。

他推開門，發出喀嘰的聲音。

眼前是一名看起來像越南人的男人，左右手都有刺青，腳也是。男人看到尤成安也不為所動，繼續放肆地亂翻屋子。

「錢呢？」男人的中文果然夾雜濃濃的越南腔。

「什麼錢？」

「別騙人了！這邊的房子都是你買的，代表你很有錢啊！」

「你怎麼知道是我買的？」

「誰都知道好嗎！他們都說你最近在這開店，買了好幾間房子，很有錢！」

尤成安順手把門帶上，「對啊，我有錢，你要多少？」

男人以為尤成安怕了，笑得露出一口黃牙，「都給我，不想死的話就給我。」他揮舞著一把一看就知道不夠鋒利的菜刀，尤成安不免感到失望，這個男人連買把新刀來殺人的幹勁都沒有。

「我跟你都很辛苦，你為什麼要這樣對我？」

「哪有辛苦，你那麼有錢跟我不一樣。」

「可是我跟你一樣也**活得**辛苦啊。」

「不要再廢話了！快點！」

「好啊。」尤成安突然從口袋拿出電擊棒，迅速往男人的脖子攻擊，男人立刻倒地抽蓄。尤成安拿出麻繩，把人綁在木椅上固定，手腳都和椅子緊緊地綁在一起，接著就把男人推到一邊，逕自去廚房選擇工具。

從短刀、削刀到剁刀，每一把刀尤成安都磨得亮亮的，雖不至於削鐵如泥，但用來剁骨綽綽有餘，光是剁刀就很好用。

男人已經從被電昏中恢復，他看著那些刀具，嚇得漏尿，他的尿非常臭，聞起來就像某種化學氣體，這讓尤成安皺了皺眉。

「你的尿比貓尿還臭。」

男人開始不停地說越南話，一開始聽起來像是在用髒話罵人，但後來看到刀子愈來愈接近自己，他開始求饒，從越南語到英語，再到中文。尤成安開心地用刀子滑過他的身體各處，但都沒有造成傷口。

尤成安在玩。

「說說看，什麼原因讓你吸毒？說得好，我可以放你走。」

男人的嘴唇都在發抖，就連身體都是冷的，他已經分不清現在是K菸的效果，還是害怕的效果了。

「壓、壓力很大。」

「什麼壓力？」

「就……我在工地，都被欺負，在宿舍也……也不開心，走到哪都不開心。」

「這樣就要吸毒？喝酒不就好了，你不是來賺錢的嗎？錢都被你拿去買毒了，要拿什麼錢回家？」

「不會啊，我有辦法有錢。」

「什麼辦法？」

男人不敢繼續往下說，但看著尤成安把玩著刀子，只能咬牙說道：「我們……我有一些朋友會去抓一些女人利用，然後就會有錢。」

「怎麼利用？說清楚。」

「拍、拍照……」

「你的手機裡有照片嗎？」他搜出男人的手機，檢查一會兒裡面什麼都沒有。

「我沒有拍，也不會去威脅，只是幫忙看著而已，所以拿到的錢很少……」

「那你覺得，你這樣該不該死？」

「我、我覺得做那些事的人比較該死。」

「我聽懂了，你要我放了你，然後你幫我抓他們來？」

「對、對、對！」男人總算看到一線生機，連忙附和。

尤成安只思考了幾秒，就爽快地把麻繩全都割斷！男人重獲自由，差點沒跪下來感謝。

「謝謝、謝謝！我一定會帶來的。」

「什麼時候？」

「明天。」

男人倉皇走出去，想要快速下樓，卻因為腿軟走不快，正當他漸漸放鬆警惕，覺得自己安全時，不知何時又出現在他背後的尤成安，用長刀刺進他的左背。尤成安意圖刺穿胸腔，雙手使力把男人推下好幾階樓梯，直到堵在牆上，這才穿刺成功。

男人從一開始大叫幾秒後就無法發出聲音了。

尤成安笑道：「我怎麼可能相信你？我又不蠢。」

鮮血四濺，因為刺到動脈的關係，男人的血流得很快，尤成安有點懊惱，覺得不該在這裡動手，等等會很難清理。

他重新把男人拖回五樓，放置在浴室，接著拿出備用的油漆桶，回到樓梯間進行清理和掩蓋作業。

尤成安將五樓至四樓的那段樓梯全都覆蓋上油漆，油漆的刺鼻味道很快就蓋過血腥味，他將藝術美感發揮，將階梯畫成玫瑰階梯，並拿出工業用電扇，加速風乾。

處理完這些，已經過了一個多小時，他趁屍體僵硬之前，先把內臟清掉。

終於，可以撕裂了。

以前他曾經想過，壞人的肚子裡會不會都是黑的，後來他清了好多垃圾，每個垃圾的肚子都是紅色的血，臟器看起來也都不黑，聞起來也沒有腐爛的臭味，這實在不可思議。

但是如果放了十幾個小時，他們的肉就會發臭，他有時會對著臭掉的屍體笑，覺得這才是垃圾該有的樣子。

一刀、兩刀，他切開肚子，裡頭的血液都凝固了，就連男人的眼睛也變得混濁，像死魚眼一樣。

他熟練地切塊後先丟入大鍋煮，煮爛再去肉，身體各個部位都還算好處理，就是頭顱要花比較久的時間，這些作業快得話通常要兩天才能完成。

整整四十八小時不眠不休，就能處理乾淨，他可以留下喜歡的骨頭，把頭骨當成裝置藝術，現在十三樓的藝術區已經堆了快九顆骷髏頭了，看久了也是滿喜歡的。

重要的不是那些留下的東西，而是處理的過程。

很奇妙，每當尤成安感覺自己快要被那些情緒吞噬，被自己虐待、弄死時，只要找到一個垃圾殺了，在這漫長繁複的處理過程中，他的心就會變得很平靜，那些聲音都消失了，那些他恨得想要撕裂的每張臉，想起來都不討厭了。以及，那段老是追著他的過去，也不可怕了。

他有時甚至覺得，那段心情平靜的時光，要他在那時打電話給母親，好像也做得到了。

噗滋。

他不小心讓肉滑掉，掉進洗手台，那是一塊大腿肉，但現在看起來和一般的五花肉沒有區別。

「辦不到，不可能。」他低語說著。他怎麼會有那種荒唐的念頭？那個女人，是他這輩子，最不想見到的人，也是他最想……處理掉的人。

清晨六點多，樓梯間傳來高跟鞋的聲音，高跟鞋的主人一層一層爬，爬到了快到五樓時，步伐停了一會兒，接著才又繼續往上走。

叩叩。

「我在忙。」尤成安回應。

叩叩。

「林佳琪，妳知道我在忙什麼。」

「你不能再這樣下去，我想知道理由。」

「妳不怕？」

「你不會對我怎樣，所以開門。」

尤成安嘆口氣，只好隨便洗了手，打開門的一瞬，林佳琪身上的香水，和屋內逐漸醞釀的臭味，形成對比，甚至讓味道變得更噁心了。

她今天沒什麼酒氣，一進門她的目光忽略浴室和廚房的凌亂與血腥，她在沙發上躺下，和平常沒什麼兩樣。

「要躺去隔壁躺。」

「我說了，我想知道理由，你再這樣繼續搞下去，你可能會連累我，害我的計畫無法執行。如果你不給我一個合理的理由，我也可以僱人幹掉你。」

相似的台詞和他稍早前說的很像，他不禁失笑出聲。

「你以為我在開玩笑？」

「我知道妳做得到。」

「那你笑什麼？」

「林佳琪，我從來不過問妳想幹嘛、有什麼計畫，憑什麼妳可以過問我的？我不會讓妳受到連累，這樣就行了。」

「我可以告訴你啊，我想殺一個人，只有一個，而你呢？幾個了？他們真的一定得要被你殺死才行嗎？不過就是吸毒。」

尤成安瞬間目光一冷，就連林佳琪看過大風大浪的人，也被這瞬間的目光給震懾，她吞吞口水，稍微收斂了一下態度。

「**不過就是吸毒？**妳知道嗎？我被這種東西害得……害得……」尤成安好不容易平靜下來的心情，又因為想起那些事，而變得激動。

「你說，我聽。」林佳琪直直地望著他，望著他那雙不知何時早就失去人性的瞳孔，像在望著深淵，也像在望著她自己心心念念的願望。

尤成安緊緊抓著頭髮，從急促的呼吸中和緩下來，從來都沒有人這樣直面過他，一次都沒有，是因為想做的事都一樣嗎？所以他們好像真的能了解彼此。

尤成安的母親有嚴重的毒癮，這個毒癮是從生下他之後染上的，當時因為沃特納拉語言不通，再加上還要帶小孩去衛生所打各種預防針，每次她都要在衛生所裡和人雞同鴨講半天，以及被那些冰冷的目光掃過一遍又一遍。

後來沃特納拉認識了經常會推老人去公園的瑪那，瑪那給了她一包粉，自此萬劫不覆。沃特納拉剛染毒時用量不多，對自己很克制，因為她知道要從老公那裡拿錢不容易，後來愈來愈想吸毒的她，選擇趁老公工作時，在家接客賺錢，這才讓毒癮變大。尤成安那時完全被不管不顧，有時餓了整整一天都沒吃東西，小小年紀就骨瘦如柴。

而尤成安大概是在六歲時，矇矇懂懂地知道母親在幹嘛，當然他那時還不懂，為何母親有的時候對他很好，像個正常的媽媽，有時候卻又會歇斯底里，完全無法用中文溝通。

他始終學不會泰文。

有可能是他從小看著這些而產生的抵抗心，讓他聽不懂母親的語言，更看不懂她每天跟不同男人交媾的畫面。他大概到八歲時，開始覺得那樣的母親很噁心。

他甚至覺得很不可思議，這個家都不像家了，父親竟然都沒發現，整天早出晚歸，甚至會幾天不回家，他完全不知道父親在忙什麼。

這樣奇怪的家，造就了他的安靜。

然而更恐怖的是，在他十三歲的某天，他的人生被徹底顛覆。沃特納拉年老色衰，而他和沃特納拉長得很像，又瘦弱，再加上變聲變得慢，讓他很有女性化的感覺。

所以沃特納拉從那天起，就不再接客了，她改讓他做這件事，和那些年紀比他大三、四十歲的女人做愛。他無法勃起，沃特納拉就會逼他吃藥，逼他學習更多的技巧，逼他得要客人滿意，才有飯吃。

「你說，為什麼那個江阿姨不再來了？她不是最喜歡你了嗎？」沃特納拉不知何起，中文變得很好，雖然口音重，但至少說出來的都能讓人聽懂。

「我不知道，我每次都有做到她希望的。」

「騙子！你這個說謊騙子！明明就是你表現不好，你知道那個沈阿姨、林阿姨，他們都在抱怨你最近愈來愈糟糕！你很糟糕！超級糟糕！你什麼都做不好，連這麼點事都做不好。」

咚咚咚，他的內心出現敲擊聲。

「對不起。」

「不用對不起，反正你就是個廢物，我看再過不久都沒人要找你了，看到時候怎麼辦！看我們怎麼辦！」

咚咚咚。

「你以為你爸會拿錢回來嗎？你以為你現在有錢付學費、吃飯，錢是怎麼來的？是我賺的！都是我以前存的！你根本就賺不了錢，只會花我的！」

「對不起、對不起。可是……還是有很多人來啊。」

「你還頂嘴？你以為那些人是自願來的嗎？是我拜託她們的！你以為你有多大本事啊？你就是個廢物！連書都念不好的廢物！」

咚咚咚。

他終於聽清楚那些聲音是什麼了，是母親的話語，一字一句地敲打在靈魂上，他的靈魂終於被敲打到消失，連自己都找不到。

在青春期的那段日子，尤成安的叛逆，彷彿就是把自己的心靈掏空變成空殼般，不再感受周遭的任何一切。他停止思考、停止任何五感，如此他才能繼續睜開眼，過每一天。

如地獄的日子從國中一直來到高中，他甚至覺得這種日子不會有盡頭，也因為他國中成績不佳，最後只能念私立學校的緣故，沃特納拉對他的「工作」排得更滿。

這段時間父親不回家的機率愈來愈高，不過就算回來了，父親也不會發現他的日子有多慘。

是直到高三那年，父親罕見地在尤成安放學沒多久突然回家！母親嚇得措手不及，而壓在尤成安身子下的李阿姨則還沒回過神，仍在連連嬌喘。

父親破門而入，看到此等情景氣得臉紅脖子粗。

「我操你媽的！賤婦！我還以為別人在亂說，沒想到是真的！」

父親那日對母親一頓暴打，打到人都倒地不動了，他的拳頭還無法停下，最後是逃走的李阿姨報了警，警察出面制止才停下。

——**真是可惜**。

尤成安覺得只要再多打個幾下，那個女人就會死了。

可惜沒死，她住院住兩個禮拜，活跳跳地出院，並在離婚法庭上哭訴自己長年被家暴，但最後她仍被遣送回國，而他的地獄算是……從一個舊的，換到新的。

尤成安才知道原來父親不在，是因為加入了外省幫派，並負責兩、三間賭場的經營，不回家的時候都是在小三家睡，在外流連久了，都忘了有家。在一次偶然機緣下，他聽到了自家醜聞的風聲，氣得趕回家，沒想到罪證確鑿，這件事簡直讓他在道上丟盡臉面，所以他只要一看見兒子就一肚子火，覺得兒子就是長得一副小白臉樣，才會從小幹小白臉的勾當，愈看愈噁心。

尤成安的日子從接客變成經常性地挨打，但他竟然還覺得現在的日子比以前好多了，不過就是被打而已，他再也不用擠著笑臉、吃著藥去服務那些阿姨了。

因為荒廢多年學業的關係，他重考一年才考上自己想要去的大學，自此搬離家中，靠著獎學金和打工生活，他的大學生活比起前幾年，快樂很多。哪怕仍然要受到歧視、排擠，他還是覺得比較快樂。

可是無論日子怎樣變好，他很清楚被掏空的東西已經找不回來。他失去了五感，甚至會對女人感到噁心，隨著時間過去，不但沒有好轉，他還經常沒由來地憂鬱，甚至因為腦海中那些片段畫面，而頭痛欲裂，只能藉由傷害自己才能趕走那些畫面。

他想過死。

也嘗試過。

他試著跳進海裡，最後卻因為求生意志而游回岸邊；試過上吊，結果因為奮力掙扎，而導致天花板破裂，摔在地上；也試過一氧化碳，開瓦斯入睡，結果因為呼吸困難，他徒手敲碎了窗戶。

死，太難了。

他明明活得如螻蟻，卻可悲得無法放棄生命，他覺得自己果然像母親說得一樣，就是個廢物。連死都死不成的廢物。

廢物如他，卻在藝術創作上得到了認可，不過卻不是透過學校的比賽，或國內的比賽得到。他選擇報名國外的各種競賽，是因為他認為他的臉也許在歐洲就不會那麼顯眼，顯然他賭對了，大家並不特別在意他混血的身分，他的作品在國外一舉成名，大學四年間就拿過兩次國際獎。因為得獎的關係，學校頒給他一次書卷獎，也以模範生畢業，這點讓很多人都無法認同，認為一個考試平均分在中段班的人，憑什麼拿這些獎。

「你那些同學，大概又會說你是新住民的優待吧。」林佳琪本來就沒喝多少酒，現在倒是完全酒醒了，她已經連喝了兩杯即溶咖啡，腦袋清晰不少。

「差不多。」尤成安以為說起這些往事，會讓他痛苦，沒想到說這些時，他就像在說別人的故事，他又恢復成那具空殼，以旁觀者的姿態在旁觀自己的人生。

林佳琪看看廚房那些爛肉，又看看尤成安，「犯罪就是犯罪，沒有哪一種犯罪比較清高。」

「什麼意思？」

「殺人這件事，沒有任何理由可以合理化。」

「妳明明年紀小我那麼多，真奇怪。」

「我才覺得你奇怪呢，看起來又沒多開心的人生，居然比誰都想活。」

「我？」

「對啊，別看我這樣，我不在乎自己明天活不活，就算報不了仇就死了，我也無所謂！反正我會變成厲鬼去找他，而你呢？你就是太想活了，才不敢光明正大地反抗不是嗎？用這種暗地裡洩憤的方式，只會更讓我瞧不起。」

尤成安抿唇冷笑，「妳確定妳不怕死？」

林佳琪突然站起身，走到廚房拿起其中一把刀堵在自己的左胸口上，刀尖很鋒利，此時皮膚已經流下血珠，「來，推一下。」

「妳這個瘋子。」

「殺我自己太容易了，我覺得像你這樣殺人，才難。」

「妳的意思是，真到要動手的那天，妳可能做不到？」

「可能吧。」她隨手將刀一放，上頭已經沾染上她的指紋，如果他要陷害她，很容易。但這就是她的目的，她要這個人知道，他們是同一條船上的人。

「把刀子收好。」她說。

「好，我可以收好，不再使用。」

無需多言，他們在這晚達成了某種協議。那把她摸過的刀子，他用夾鏈袋收好，最後一具屍體，他也處理完畢，一切看似恢復平靜，但事實上，抑制殺人的衝動，比尤成安想得還不容易。

——「你就是太閒了。對，肯定是這樣沒錯。」林佳琪看到尤成安又自殘到滿身是血，下了這樣的註解。

她決定讓尤成安每週三天到她的讀書房教她讀書，另外三天讓他去指導溫知菱。

一開始無論是尤成安還是溫知菱，大家都百般不情願，但有了成效之後，溫知菱就不再推辭了。尤成安也為了準備教材的事情，忙得焦頭爛額，還常常沒收到展覽門票，讓許多愛拍照的年輕人免費擅闖，甚至他一陣子沒管那些毒蟲，毒蟲們又回來了。

「亂啊，就讓這裡再亂一點。」林佳琪很滿意這樣的結果，「有助於我的計畫。」

「妳到底都計畫了什麼？」有的時候，他覺得以林佳琪的智商，根本不需要他教書，她很聰明冷靜，非常知道做小伏低的道理，也懂韜光養晦，這全都是為了在關鍵之時，一次爆發。

「我如果說什麼都還沒開始想呢？」

「那我有一個想法。」尤成安因為戒殺人戒得太久，所以已經幫她們想好一萬種復仇的方法。

「不如把溫知菱也叫來，讓我們這個計畫一起成真。」

「瘋子。」

「彼此彼此。」

他們三個就是瘋子團體，兩個想復仇，一個想殺人。

尤成安心想，戒癮團體的效果莫過於此，把溫知菱叫來後，三人再次分享了自己的人生故事，雖然不至於在比慘，但他覺得他們三個都有各自的地獄，他並不會覺得溫知菱的痛苦就不是痛苦。反而感覺交換了故事之後，他們彼此之間萌生出一種信任感。

「你那麼討厭女人，我們兩個不會讓你不舒服嗎？」溫知菱問。

「好像不會，可能因為妳們很漂亮、很年輕。」

「小琪就算了，我已經年紀不小了。」

「那種細枝末節妳就不要逼他了。」林佳琪大概可以想像過去尤成安的客人都是什麼樣子。「還誇我們漂亮，我就虛心接受了。」

「來吧，首先來梳理我們的目標。」尤成安在工作室內擺了一個白板，平時是他用來練習解題用的。

把白板拉出來後，藏身在白板後方的人骨造型的裝置藝術，立刻吸引兩人的目光，骷髏頭被放置在草皮底的正中間，人骨被分散成樑柱一樣的骨架，骨架之上纏繞了藤蔓還有擬真蝴蝶，乍看之下像個紀念墓碑，但看久了，更像一個人死後抵達的花園。

「這是你今年的得獎作品吧？怎麼沒有拿去參展？」

「參過了，上禮拜剛送回來。」

「居然沒人發現那是真的人骨？」林佳琪驚呼。

「那是假的。」尤成安解釋，「我是用合成的方式製作的。」

「我比較驚訝的是這麼一個得獎作，居然被你隨便棄置在角落。」

「那不重要，我們現在的計畫比較重要。」尤成安把主題拉回來。

「目前最重要的是溫知菱的下個月考試，不過以妳現在的程度，不要突然失憶的話，我覺得妳一定會是榜首。」

「什麼啊，小菱妳那麼強？」

「還好。」

「妳還是顧好妳自己吧，下下個月的學力鑑定考，我覺得妳很危險。」

「都是酒精害得我酒精性失憶。」

「藉口。」兩人同時吐槽。

「高普考的放榜是九月，最快的話，妳經過選填和分發直到可以到單位的日期，大概會落在十一月。那時林佳琪該考的、該放榜的也都會有結果。」

「我什麼時候可以接近那傢伙？」溫知菱一如既往地沒有耐心。

尤成安搖搖頭，「我那部作品，叫做〈夕陽餘光〉，也許妳們看它就只是個普通的骷髏裝置藝術，但在展覽的時候，我會打光在白骨上，白骨的材質和黃光柔和後，會有光暈，這才是這部作品的細膩之處。」

「說重點。」林佳琪打了一大個哈欠，她還要補眠上晚班呢。

「我這裡剛好有舞台，而妳們也剛好需要舞台，那麼就把妳們的計畫當作一個作品來完成吧。所謂的裝置藝術就是利用手邊可用的材料，可多人可單人，就地取材創造出一個作品，而作品和故事又可以產生連結。這裡已經成為年輕人喜歡來探險的熱門地了，那麼再多加幾個傳聞，好像也不奇怪。」

「我懂了，如果要打造一個作品，我希望他能死得跟我媽一樣。」

「我沒有想法，我對創作沒興趣。」

「那妳的作品就是跟上吊有關，至於溫知菱……慘了，我光看著妳也沒有靈感，好像靈感都被抽光一樣。」

「我覺得你留的那些人骨，很有趣。」林佳琪看著骨頭提議。

「人骨啊……那我的故事就用人骨相關的。」

「你沒靈感就算了，還搶人家小菱的。」

「不然就把那個人做成一個裝置藝術不就得了，我再想想怎麼做。」

「你這才不是好心幫忙，你是手癢，太久沒肢解了。」

「我覺得我們的對話很恐怖。」再怎樣淡定的溫知菱，聽到又是人骨又是肢解的，也有點繃不住，她是沒親眼見過尤成安做什麼事，但可以想像得出來。他就是那種殺人上癮的傢伙，是個瘋子，因為在場的三人裡，只有他對於這些計畫，露出了眼睛閃閃發光的樣子。

「我說啊，如果命案在這曝光過一次，難免會讓人警惕，這樣對於第二個實行計劃的人來說，不是很不公平嗎？」林佳琪不在意恐不恐怖，她只在意可實施性。

「這就看故事怎麼編了。」

「編故事還是搞什麼創作的就交給你吧，我會在你完成劇本後，加入可實施的真正辦法。」

「說得好像我沒有實施能力。」

「我認同小琪，你確實過於天馬行空，同時又很恐怖。」

「那就等溫知菱考試完，我們再接著討論。」

林佳琪累壞了，但又不想餓著肚子睡覺，於是借用尤成安的廚房煮泡麵。她是沒有那麼多忌諱，畢竟鍋子是她另外買的，而且她很確定他最近沒做壞事。

暫時沒做。

她瞥了眼廚房的牆上到處都是龜裂的痕跡，可想而知這段日子，他憋壞了。

她實在不懂這個戒斷症狀要多久，戒毒的話大概半年也就差不多，總歸來說，任何讓人會上癮的事物，都是心理成癮。

「尤成安，等計畫都完成、結束以後，你想做什麼？」

「沒想過。妳想做什麼？」

「我當然是重新過我的人生，鑑定考過了之後，我可以去報指考、上大學。」

「妳有想讀的科系？」

「老實說，沒有，也沒想過。」那樣的未來太過美好，更太過遙遠。

泡麵煮完，她自然地拿了兩個碗，兩人縮在矮桌前用餐，兩人瘦弱的背影看起來就像冬日裡聚在一起取暖的貓，彼此仍有戒備，卻只能互相依靠。

砰砰砰！

「喂！老闆在不在？開門啊！」

不速之客來得突然，尤成安皺了皺眉，一開門，只見是相當眼熟的一對男女。

「靠！怎麼是你啊！」

「請問兩位有什麼事嗎？」

「有什麼事？我們可是在住宿網站預約了今晚入住喔！你居然還不來迎接客人？而

且……現在連跟蹤狂都能當民宿服務員了啊？」

尤成安知道今天住宿預訂已是滿房，但規定明明是下午兩點後才能入住，現在是上午十一點多，顯然是他們早來了。

尤成安隨及堆起笑容，「兩位客人，很抱歉之前可能造成諸多誤會，現在馬場的民宿是我開的，很感謝兩位的入住，這就帶您去房間。」

「好噁心喔！這種恐怖民宿老闆居然是跟蹤狂。」

「這樣我們才有話題性啊。」男子拿出GOPRO，正式進行拍攝，女人平常的惡言惡語也暫時停止。

「好的，偷偷跟各位介紹，這間民宿的老闆大有來頭，不過詳情原因請記得訂閱我們的頻道，看深度會員的影片才會知道唷！那麼現在就來替大家介紹這間『馬場民宿』！即使是中午來也是很恐怖呢。」

「對了，民宿老闆，請問聽說來入住後，都會收到『聖物』是真的嗎？」女人一改上回瘋狗咬人的狀態，顯得客氣有禮，簡直跟開錄前完全判若兩人。

尤成安也很配合，轉開門、遞給他們鑰匙後說：「我們通常會送手工製的鑰匙圈，只是個小東西，不是什麼『聖物』，請別太期待。」

「愈這樣說愈讓人期待呢！」女人用著興奮的語氣。

「好了，我們快點介紹房間給大家！」

尤成安不再理會他們，他被他們過於虛假的演技給惹得想吐，也有點擔心今晚他們會不會再找麻煩。

泡麵都爛了，林佳琪則一副看好戲的樣子，「尤成安，我希望明天可以看到那兩個人活著離開，沒問題吧？我不管他們原本怎麼搞你，但我們是人類不是畜生，不應該什麼事都用殺人解決。」

「妳好像沒資格這麼說。」

「我還沒犯案，算有資格。」林佳琪又想到了什麼，「他們剛剛說的『聖物』是怎麼回事？」

他微微一笑，「算是個實驗，我今天不是說了，想要把計畫變成像編故事、裝置藝術那樣，所以我先拿自己有的東西做了實驗，沒想到好像傳開了，才剛開沒多久的民宿居然天天客滿，我很訝異大家竟然會想來住這種危樓。」

「所以，你到底送了什麼？」

他嘆口氣，打開廚房下的櫃子，拿出一桶玻璃罐，那個玻璃罐的大小和骨灰罈差不多，但是裡面裝的東西可比骨灰恐怖多了。

「還好小菱先走了。」林佳琪冷眼看著，那一桶裡裝的竟然是一顆顆人眼，看起來都沒有腐敗。

「我把這些泡在福馬林裡，保存得還算好。我上禮拜給了其中一名房客一個眼球吊飾，他似乎很喜歡，又給了另一間的房客一截指骨鑰匙圈。我沒有每間都給，算是看我心情。」

「那你編了什麼故事？來住一晚可以獲得人體一部分？」

「——聽說，在馬場大樓只要住過一晚，就能重獲新生。重生的人，可以帶走一樣紀念品，哪怕把眼珠做成吊飾也可以。」

林佳琪馬上聽出端倪，「那沒重生的人？走不出民宿？」

「我沒殺人，他們都順利回家了，只有被選中的人才會獲得贈品和重生小卡。」

「你最好不要被我抓到，我絕對弄得到人把你做成消波塊。」

尤成安深深覺得，林佳琪日後可以考慮當個黑道，很有潛力，也夠有膽魄。

他會盡量忍耐不做任何事的，但是驚嚇可不能免，只要他們不要嚇到自己摔死，一切都會很正常的。等等、摔死？他好像對於溫知菱的作品，有點想法了。

如舞孃一般的女人，在夜幕低垂後就搭著屬於她的南瓜馬車，前往紙醉金迷的魔幻世界，那個世界只在晚上出現，在天亮後就會把所有人都變回南瓜和老鼠。除了魔幻世界，屬於馬場大樓特有的詭異世界，也正拉開序幕。

吳宗翰和女友鄧詠馨在吃過晚飯後，又去酒吧流連許久，直到晚上九點多才回到馬場民宿，酒意上頭，他的拍攝更為大膽。其實他本來很怕鬼，若不是為了拍片，也不可能來到這種地方，現在喝酒壯了膽，他拉著鄧詠馨直奔頂樓。

「這個真的很帥欸！各位你們看，白天在限動嗆我不敢直播的，我現在直播了，怎麼人數有點少？膽小的是誰啊？」他張揚地嗆聲，而他的追蹤者似乎很喜歡他這樣，人數漸漸多起來。

「什麼？這裡死過人？我怎麼知道！死人就是死人了，能把我怎樣？」

「寶貝，他們一直說什麼重生的，要怎麼重生啊？白天那個泰……那個老闆什麼都沒說啊，服務真的很差耶，不愧是**那種人**呢。」鄧詠馨意有所指。

「想知道她說的『那種人』是什麼意思，請看深度會員影片嘿！我們這次來可是犧牲小我來大揭露呢！」

「對啊，這種人開的民宿只會用噱頭來吸引注目，滿那個的呢。」站在鏡頭面前，兩人說的話都收斂很多，好似他們本性就是如此。

他們在十三樓亂晃，晃到了旁邊堆了一堆骷髏頭的裝置藝術旁，嘖嘖稱奇。

「有人說這些骷髏很像真的？怎麼可能啦！真的話就要報警了哈哈哈！」

鄧詠馨蹲下來摸摸骷髏頭，一點都不在乎裝置藝術品到底能不能摸，「摸起來很粗糙欸，就是劣質品啊！嘖嘖！」

「聽到沒？是劣質品啦！大概是蝦皮幾十塊就買得到的東西，這樣也能算裝置藝術喔？笑死！」

「總共有十顆頭，不過這些頭型好像看起來都不太一樣，做工真的很不一致。」

「大家想看飛碟屋啦，不要再看骷髏頭了。」鄧詠馨抱怨，她覺得再往上爬才有看頭。

兩人正準備要爬上小樓梯更上一層時，突然有個人影快速地爬下來，嚇了他們一跳。

從樓梯上下來的是一名看似印尼臉孔的男人，吳宗翰將手電筒的光打在他臉上，刺眼得讓他遮住臉。

「你、你們要上去？」印尼男子用著中文說道。

「對啊，怎樣？」吳宗翰故意加大音量，還把鏡頭對準他。

「勸你們還是早點離開，這裡晚上不吉利！」

「裝神弄鬼，那你怎麼還在這？」

「我睡著了，我的朋友沒有叫我！拜！」印尼男子像是被什麼追趕似的，不再多說就跑了。

「各位，他說不吉利耶，你們會不會怕？會怕的就先右上角離開喔！我們要上去了！」

鏡頭略微晃動，兩人上去後一片漆黑，半點照明都沒有，相比剛剛骷髏頭的旁邊還有幾盞燈，完全不一樣。過分漆黑的頂樓，再加上冷風，吳宗翰吞吞口水，只能憋著不怯場。

「天啊，好黑喔！你們有看到什麼奇怪的要跟我們說耶，感覺這裡不像會有鬼，比較像會有犯罪分子。」他意有所指，畢竟剛剛遇到了一個印尼人。

「好像有怪聲。」鄧詠馨故意營造氣氛，露出害怕的表情，「聲音好像在飛碟屋那！」

他們小心跨過像「田」字似的水泥間隔，來到飛碟屋前。不過由於晚上太過漆黑，又只能靠兩盞手電筒照明的緣故，拍攝起來的效果果然更有氣氛，直播間裡的粉絲都表示害怕。

「他們說好像真的有聲音。」

「有嗎？」

「噓。」吳宗翰比了個手勢，兩人都安靜後，仔細聽著周遭的聲音。除了風聲灌進這空洞的飛碟屋中，好似還有什麼怪聲，聽起來就像佛教的誦經聲，但又不太像。

他們往飛碟屋內探頭，燈光四處亂照，他們都覺得聲音是從這裡面傳來的。

「有人在誦經。」鄧詠馨說道，「誰啊！裡面是誰在搞鬼！」

這樣一喊，聲音就停下了。

怕鬼的吳宗翰覺得頭暈有點不舒服，連話都要擠不出來。

「有人留言說會不會是剛剛的骷髏頭在作怪。」鄧詠馨看著手機說道。

「怎、怎麼可能啊。」

「我們再去那看看。」鄧詠馨才不管吳宗翰怕不怕，現在正是衝人氣的好時機。

他們從飛碟屋爬下來，再次走回骷髏頭的裝置藝術那時，不管是他們兩人，還是直播間的觀眾全都嚇到了！

十個骷髏頭的位置全變了，原本是像堆垃圾一樣堆在一起的骷髏頭，竟然排成了一個圓。

「是不是剛剛那個傢伙弄的？」吳宗翰愈來愈害怕了。

「一定是吧，剛剛只有他在這，他肯定是為了嚇我們，那種人就是這樣。」

就在這時，他們原先聽不太清楚的誦經聲又出現了！這次像擺了環繞音響似的，在他們周圍環繞！

「一定是有人在這邊擺喇叭啦！」吳宗翰踢翻那些骷髏，聲音又更大了！

「我們先下去啦！」鄧詠馨也覺得不妙，拉著吳宗翰往樓梯口走，神奇地是，走到樓梯口聲音就停了。

為了確認到底是不是民宿老闆在搞鬼，他們還特地走到五樓老闆的房間敲門。

尤成安很快就開門了，他穿著圍裙，雙手都是血，差點沒把他們嚇到。

「你在幹嘛？」

「我在看影片學習自製豬血糕……」尤成安指指廚房，廚房上有架手機在播影片。「你們有什麼需要嗎？」

「沒、沒有。」

「有需要隨時跟我說，我都很晚睡。」

吳宗翰對著鏡頭乾笑：「看來這裡真的很適合膽大的朋友來呢！我覺得很有氣氛，對吧？」

「對啊！我也覺得。」

兩人迅速關掉直播，趕緊躲回房間。

「寶貝，我們確定要住一晚嗎？」吳宗翰不安地問。

「當然啊！等等我還要補一些照片，這次的主題很有話題性，你沒看剛剛直播都衝到兩百多人了喔！」

「好吧。」吳宗翰疲憊地拿了衣服去洗澡，浴室非常簡陋，沒有蓮蓬頭，只能用臉盆裝水後再用水瓢沖洗，是非常復古的浴室。

只是他才一打開水龍頭就發出慘叫聲！

「怎麼了？」

「妳、妳看……」水龍頭跑出來的水，乍看像紅色，但細看是生鏽的顏色。

「它只是生鏽了，沒想到你真的很怕鬼。」鄧詠馨滿臉嫌棄，這個舉動激怒了吳宗翰，他把水關掉，瞪著她。

「妳剛剛說什麼？」

「你又要幹嘛？你又來了！」

「什麼叫我又來了？不是每次都是妳惹我的嗎？」

鄧詠馨倒退著，很快就被逼到牆角，她露出害怕的神色，但又不想服輸，「這裡隔音很不好，你不知道嗎？」

下一秒，他迅速掐住她的脖子，「這樣妳就叫不出來啦，哈！」他愈掐愈用力，她的臉色逐漸漲紅、眼睛也愈來愈突出。

「唔唔……」

「妳到底有什麼好囂張的？以為這個頻道是靠妳嗎？」

她原本一直掙扎的雙手，愈來愈沒力氣，離死亡就差幾步。

誦經的聲音又出現了！

嗡嗡嗡，聽起來比剛剛又更大聲了。

他這才回神鬆手，她立刻跪在地上猛咳、猛喘氣，不敢看他一眼。

「妳有聽到嗎？」

「聽到什麼？」她艱難地回答。

「剛剛那個怪聲啊！這麼大聲妳聽不到？！」

「什麼聲音都沒有啊！」她用著不解的表情，她的臉色仍然很紅，還有點頭暈目眩。

吳宗翰不敢再問了，他猛敲著自己的腦袋、挖著耳朵，乾脆不洗澡就躺到床上去，用被子蒙著頭，瑟瑟發抖。

她才不管吳宗翰到底聽到什麼，她只知道自己差點就死了！這個晚上她沒有去床上睡，而是獨自縮在沙發上瞇了一晚。而那個聲音，也折磨了吳宗翰一**整晚**。

早上七點多，吳宗翰就急促地敲著民宿老闆的房門，要退房。

「退房！我要退房！」

「好的，請稍等，有東西要給你們。」尤成安拿出一顆眼珠的吊飾給鄧詠馨，「我們的飾品都會送給睡得最好的客人，您的氣色看起來最好，所以這個飾品當作是您重獲新生的贈品。」

「重獲新生……」

「我呢？我為什麼沒有？」吳宗翰不滿。

「您看起來黑眼圈很重呢。」

「你想要給你啊。」鄧詠馨把鑰匙圈晃到他眼前，也不知道他是不是沒睡好，眨眼間，他好像看到了眼珠子轉動了一下，這一轉動，那混濁的眼珠看起來就像真的似的。

「幹！那是三小！我不要了。」吳宗翰率先下樓，把行李丟給鄧詠馨自己拿。

「需要幫您拿行李下去嗎？」

「不用了，還有……之前對不起，也謝謝你。」鄧詠馨那句謝謝意味深長，只有他們倆自己懂，其中含義代表什麼。

當晚，鄧詠馨就在自己的IG上發文，說自己得到了重生的「聖物」，還說馬場民宿的夜晚真的很精彩，只有能夠重生的人，才能聽到神之朗誦……她同時也把要放到深度會員的影片刪除，並通知大家，頻道無限期停更，她會以新的面貌重新和大家見面。象徵著，這一場重生的開始。

林佳琪真的很意外，尤成安不但沒有對那對情侶出手，好像還救了其中那個女人，她看著女人的PO文，已經猜到了什麼。

原來他會救人。

不對，他已經在救她和溫知菱了。

這樣的人，同時又是個殺人成癮的罪犯，明明他也能有憐憫之心，但他自己卻沒發現。

尤成安說明計畫到一半，覺得林佳琪的目光實在讓人不舒服，他停下來，「怎麼了？一直看。」

「沒什麼。」

「有話就說，是不是對這個計畫哪裡不滿意？」

「不是。」

「那是什麼？妳嗑藥了？」

「並沒有。我只是想知道……你會想見到你母親嗎？」

這個問句太鋒利，鋒利到尤成安全身僵硬，「妳不該問這個。」

「看起來是想。」

「我？哈！那種不把兒子當人看的人，那種……對我控制了那麼多年……那種女人！我想看她？」只要一提起母親，他總是特別激動。即便父親明明會對他動粗，他卻從來沒有恨過他。

「你知道我這幾年待在酒店，感觸最深的是什麼嗎？人啊，總是對得不到的東西，特別執著。」

尤成安又開始呼吸急促了，他摀住耳朵，卻擋不住她的話語。

「你爸至少是愛你、心疼你，不然他也不會把那個女人趕走，也不會留下財產給你。那個女人就不一樣了，不是嗎？」

尤成安慢慢放下手，那個曾經被一下下敲打，敲到不見的靈魂，好似逐漸從透明轉成半透明。

「林佳琪，妳真的很惹人厭，妳到底想幹嘛？」

「我只是不喜歡受惠於人，想幫你。」

「幫我什麼？得到那個女人的愛？別癡人說夢了！那種女人嘴裡只會有錢錢錢，利用再利用，她過得好得很，早就忘了在台灣有過什麼人了。」

「原來如此，你調查過她。」

「……」尤成安怪自己多嘴，也怪她太聰明。

「你給我們的計畫，都是讓我們全身而退，並沒有提到你自己。你該不會是想等東窗事發，自己一個人承擔吧？我可受不起這種恩惠。」林佳琪指著白板上縝密的計畫，簡直把她和溫知菱的復仇，完美以靈異故事呈現。

「妳也知道我有那個可怕的癮，我這種人，根本不配……」

「哪種人！」林佳琪突然勃然大怒！「你是哪種人？我又是哪種人？連你自己都在貶低你自己，活該會被人看不起！」

尤成安愣愣地看著她，愣愣地檢視著自己的心，他剛剛好似覺得心痛了一下，難道是錯覺嗎？他剛剛第一次有一種，真心被人關心的感覺，難道也是錯覺嗎？

他好不習慣這樣的感受，他從來沒有被誰真正看進眼裡過。

這場對話就結束在林佳琪的盛怒之下，她氣到不想再說話就走了，過了好幾個禮拜都沒再出現在馬場大樓，尤成安也不敢聯繫她，只能等待。

三個人重新聚在一起的日子，正是溫知菱放榜的日子。

溫知菱不負眾望地考了榜首，難得主動說想喝酒，三人便聚在馬場民宿內，一起為這個計畫的完美開頭舉杯。

「所以說，我還要計算他跌倒摔地的距離對嗎？」

「對，一定要很精準，所以妳到時必需要有機會測量他的身形還有頭的位置。」

「這我應該能做到，不過幫小琪拉鋼索我有點怕，一來是那裡的建築已經很不堅固了，我怕鋼索會斷，二來是我怕沒拉好，如果害小琪死掉、還是讓詭計被拆穿就糟了！」

「不用擔心，這些全部都會練習。」

溫知菱點點頭，看著計畫欲言又止。

一直沒說話的林佳琪這才說道：「妳其實是想問他，他是真的要幫妳肢解，對嗎？他會，相信我。」

「那就麻煩你了。」溫知菱難得說出一番有人性的話。

「然後國小那邊是由我負責設置機關，妳就只管把人引過去就對了。」尤成安指著計畫解釋。

「OK，那現在就喝醉慶祝吧！」林佳琪表現得像是沒鬧脾氣過，尤成安還以為那天的事就會這樣算了。雖然他還是覺得，林佳琪似乎在計畫什麼。

時間過得飛快，計畫開始執行後，已經順利解決溫知菱的部分，新聞也接連地報導著，期間尤成安被陳啟明傳喚過一次，他不僅乖乖配合，還拿出監視器存檔，當然那些檔案他已經動過手腳，短時間內，只要陳啟明沒有送去網路科查，還查不出痕跡。

這個陳啟明已經盯尤成安很久了。這次馬場大樓一出獵奇殺人案件，他根本就是被當成頭號嫌疑犯在調查，只是目前警方還沒找出有利證據能將他收押。

林佳琪在尤成安房裡看著新聞報導，看起來老神在在，一點都不擔心自己的計畫到底能不能成。

「小安。」

這一聲呼喚，讓尤成安有點毛骨悚然。

「——你去死吧。」

「妳說什麼？」

「等等你就知道了，現在你應該有客人要到囉！去樓上迎接他吧，順便收個門票。」

尤成安完全摸不著頭緒，他乖乖上樓，果然看見林佳琪的目標正在拍照，他小心地躲起來，直到目標要走了才從後方現身。

收完錢他回到五樓房間，並沒有看到林佳琪，突然林佳琪從自己房內走出來，還吃力地拉著一個屍袋。

「看什麼？快過來幫忙！」

「妳……」

他們把屍袋拉到樓梯口，一拉開拉鍊，是一名乍看和他長得很像的泰國臉孔，人已經死了，看起來像死了半天以上，都呈現屍僵了。

「妳要讓我假死可以，但這具行不通，這具看起來就是死很久了。」

林佳琪看著樓下那人正好要走到一樓，「別廢話！幫忙！」他們一人抬一邊，將屍體丟下去——砰！製造了一場完美的假自殺。

「錢是個好東西，能買到死人也能買到假的死亡證明。」

他就說了，林佳琪很適合轉行當黑道，她利用自己在酒店累積的人脈，小小年紀就能做到這種地步，若是認真走上這途，未來怕是能呼風喚雨。

「很好，你現在死了。這段時間暫時去這裡住，等我計畫完成再去接應你。」

「妳該不會是從**那個時候**就開始在計畫這個吧？妳到底想幹嘛？」

「不想要受人恩惠，就是這樣。」

原本都是尤成安在負責計劃，第一次換他被人放在計畫裡，並且看不到這個計畫的結局，他只能任由擺佈，可是他竟然不會害怕。或許從那次對話後，他已經對她產生了信任。

就這樣等了好幾天，他雖然不安，但也只能等待。他怕自己隨便外出，會害假死計畫失敗。直到星期六晚上他被告知要禁食禁水，因為隔天要帶去做整形手術，他才鬆了口氣。

「這間醫院我很熟，你要動的方向我已經跟醫生談完了，乖乖去做手術就對了。」

「好。今晚妳的計畫，希望順利。」

「你做完手術就知道了。」林佳琪難得露出營業用的笑容，他和她相處那麼久，他從沒覺得她很美，直到這一刻，他才覺得美。

等到尤成安從全身麻醉中醒來，已經是晚上十點多了，麻醉還沒退完全，他還沒感受到疼痛，只知道自己的臉包了一層又一層，沒一會兒他又陷入昏睡。

隔天早上醒來，護理師親切地帶他上完廁所後，交給他一個牛皮紙袋，紙袋有點重量，裡面似乎放了很多東西。

他打開檢查，裡面放了一疊幾十萬的現金，還有一封厚厚的信，跟一張不知道是做什麼的名片。

他先打開了信：「尤成安，對不起，你如果已經看到新聞，就知道我做了什麼，所以對不起。我本來想讓你和你的母親見上一面，我還以為她真的愛過你，會為你難過，結果沒想到那都是演的，比我們還會演，所以我雇人殺了她，以及又殺了你一遍，這下子你是死透了！

「原本讓你死一遍，就是想把你母親引來台灣，可惜我並不想讓你再被那樣的人傷害，所以沒讓你們相見，對不起。

「你看到這封信的時候，我已經去自首了，自己的人命自己背，我只會認了楊信富是我過失致死，我不會幫小菱背也不會幫你，誰都不要欠誰，自己造下的孽、愧疚和恐懼都自己承受。

「至於你，我管不著你以後還要不要去做什麼事。也許你自己都沒發現，你把我和小菱教得很好，你編輯的那些講義，你幫我們出的題目，其實命中率很高，小菱說她能榜首是多虧你，沒有恭維。我也是。

「我唯一對不起你的，大概就是讓你失去你家的那些遺產，做了這麼多事，我能籌給你的錢就剩這些，你記得等臉都好了，去名片上的地址，我已經付過錢了，報我的名字，他們會幫你準備好新的證件。

「不要來監獄看我，我並不想看到一個連續殺人犯來探監。林佳琪。」

尤成安把信收回信封，重新躺回床上，久久無法言語。

那一天，護理師都沒有進去幫他換藥，因為房內一直傳來哭聲，讓人不敢進去打擾。

尾聲

三年後，林佳琪受理了一個探監申請，只因申請人和受刑人的關係上，寫的是「師生」兩字。

那人舉著自己的教甄證書，難得地，露出了大大地笑容。

「你明明那麼討厭學校，不怕去了發生新住民教師被霸凌嗎？」

「不會有那種事，**自己的人命自己背，記得嗎？**」

「浪費我那麼多錢，就為了看你考張教師證？等進來你就死定了！」

死就死吧，但至少在最後這段日子，他活得很充實，也真正感受到什麼是快樂。且林佳琪罵歸罵，兩人的表情都是歡喜的，這代表她並沒有否定他的決定。

等到尤成安離開監獄，陳啟明已經在外等待。也許他這個選擇在別人眼裡是個結束，但其實對他來說才是真正的重新開始。

如同他所編造的故事——拿到贈品的人，才算重生。

尤成安遞給陳啟明一個眼球鑰匙圈，笑道：「來，禮物。」無論是不是錯覺，那顆眼球在陽光的折射下，都似有了眼光流轉，閃閃發光。

—完—

後記

這次的故事其實很有實驗性質，除了用靈異氛圍包裝人為犯罪以外，我還想試試看，將三個故事的時間線寫出重疊效果。

而此次主題的舞台選擇設定在台中，主要是因為之前《青鳥的眼淚》簽書會辦在台中，我藉此進行了三天兩夜的獨旅，在市區穿梭冒險。

讚嘆歌劇院的建築之餘，也對許多舊大樓留下深刻的印象。

可是當我決定寫一個靈異氛圍的犯罪小說時，獨旅台中的記憶便湧上來，於是就構思了一個以這個城市為舞台的故事。關於故事中的三個角色，也由模糊的形象，逐漸在腦海中清晰、立體，擁有了自己的人生故事。

我不禁想起黃致凱導演的其中一篇散文〈為靈感銀行開戶〉中所提到的概念，創作者們只要對這個世界充滿好奇，對生活「心有所感」，那麼創作者的靈感戶頭，就會存進許多靈感。在需要使用的時候，如同這次的《馬場大樓》，我的靈感銀行，會自動提領出適合的畫面和體驗。

——後記寫於二〇二四年九月十六日。

要推理121　PG3107

要有光
FIAT LUX

馬場大樓

作　　者　A.Z.
責任編輯　陳彥儒
圖文排版　黃莉珊
封面設計　嚴若綾

出版策劃　要有光
發 行 人　宋政坤
法律顧問　毛國樑　律師
印製發行　秀威資訊科技股份有限公司
114台北市內湖區瑞光路76巷65號1樓
電話：+886-2-2796-3638　傳真：+886-2-2796-1377
http://www.showwe.com.tw
劃撥帳號　19563868　戶名：秀威資訊科技股份有限公司
讀者服務信箱：service@showwe.com.tw
展售門市　國家書店（松江門市）
104台北市中山區松江路209號1樓
電話：+886-2-2518-0207　傳真：+886-2-2518-0778
網路訂購　秀威網路書店：https://store.showwe.tw
國家網路書店：https://www.govbooks.com.tw
總 經 銷　聯合發行股份有限公司
231新北市新店區寶橋路235巷6弄6號4F
電話：+886-2-2917-8022　傳真：+886-2-2915-6275

出版日期　2025年1月　BOD一版
定　　價　320元

讀者回函卡

Printed in Taiwan

國家圖書館出版品預行編目

馬場大樓 / A.Z.著. -- 一版. -- 臺北市 : 要有光,
2025.01
面 ;　公分. -- (要推理 ; 121)
BOD版
ISBN 978-626-7515-36-5(平裝)

863.57　　113018913